那时的大学

冯友兰 胡适 朱光潜 等著

国际文化出版公司

·北京·

图书在版编目（CIP）数据

那时的大学／冯友兰等著．—北京：国际文化出版公司，
2015.9
ISBN 978-7-5125-0803-3

I．①那… Ⅱ．①冯… Ⅲ．①回忆录—作品集—中国—现代
②回忆录—作品集—中国—当代 Ⅳ．① I251

中国版本图书馆 CIP 数据核字（2015）第 203632 号

那时的大学

作　　者	冯友兰　胡　适　朱光潜等
责任编辑	赵　辉
统筹监制	葛宏峰　张　坤
策划编辑	刘　毅　秦丽华
美术编辑	秦　宇
出版发行	国际文化出版公司
经　　销	国文润华文化传媒（北京）有限责任公司
印　　刷	三河市同力彩印有限公司
开　　本	880 毫米 ×1230 毫米　　　32 开
	7.5 印张　　　　　　　　　142 千字
版　　次	2015 年 9 月第 1 版
	2018 年 12 月第 2 次印刷
书　　号	ISBN 978-7-5125-0803-3
定　　价	28.00 元

国际文化出版公司
北京朝阳区东土城路乙 9 号　　邮编：100013
总编室：（010）64271551　　传真：（010）64271578
销售热线：（010）64271187
传真：（010）64271187-800
E-mail：icpc@95777.sina.net
http://www.sinoread.com

目 录
CONTENTS

上篇

那时的大学之永恒的记忆

下篇

那时的大学之永远的叮咛

「上篇」

那时的大学 之 永恒的记忆

我在北京大学当学生的时候 [①] / 冯友兰

> 学校的任务，基本上是传授知识，大学尤其是如此。一个大学应该是各种学术权威集中的地方，只要是世界上已有的学问，不管它什么科，一个大学里面都应该有些权威学者，能够解答这种学科的问题。大学应该是国家的知识库，民族的智囊团。学校是一个"尚贤"的地方，谁有知识，谁就在某一范围内有发言权，他就应该受到尊重。

在十年动乱以前，北京大学校长陆平提出了一个办北京大学的方针：继承太学，学习苏联，参考英美。大动乱开始以后，他的这项方针受到批判，成为他的罪状之一。当时我也说过，

_____

① 选自《三松堂全集》，河南人民出版社，2001年版。

北京大学的校史应该从汉朝的太学算起。我不知道陆平的方针是不是受我的影响，也很可能是出于他自己的创见，不过，当时的批判，并没有涉及到我。

我所以认为北京大学校史应该从汉朝的太学算起，因为我看见，西方有名的大学都有几百年的历史，而北京大学只有几十年的历史，这同中国的文明古国似乎很不相称。

现在讲北京大学历史一般是从清朝末年的京师大学堂算起，它是戊戌变法的产物。清朝的慈禧太后篡夺了政权以后，把光绪皇帝在变法的时候所行的新法都作废了，只有京师大学堂继续存在下来。这也可以说是戊戌变法留下来的纪念品吧。我跟着父亲在崇阳的时候，在他的签押房里看见过当时颁布的京师大学堂章程，用木板红字印的，有好几大本。当时我什么也不懂，只记得在分科之中有一科叫"经科"。每一种经都有一个学门，例如"尚书门""毛诗门"等。在本科之外，还设有通儒院，大概相当于西方大学的研究院吧。清朝的京师大学堂地位很高，由朝廷特派的管学大臣管理。管学大臣就是京师大学堂的校长。当时的管学大臣换了几次人，当我进北京大学的时候，学生们传说中的管学大臣是张百熙。他可以说是在蔡元培以前的对于北京大学有贡献的一位校长。据说，他当了管学大臣以后，就请吴汝纶为总教习。当时新式学校的教师都称为教习，总教习就是教习的领导。我不知道总教习的职务有什么明文规定，据我推测，他并不相当于后来大学中的教务长，因为教务长主要是管教务行政，而总教习是管学术方面的事，约略等于现在大学里管业务的副校长。

吴汝纶是著名的桐城派古文家，是当时所谓旧学的一位权威。他也懂得一点当时所谓新学；严复翻译的书，有几部都有他作的序。他是一位兼通新旧、融合中西的人物。他在直隶（今河北）做官，在地方上办了些新式的学校。张百熙请他当京师大学堂总教习，这表明了张的办学方针。据说张百熙当了管学大臣以后，曾亲自到吴汝纶家里去请他出来，吴汝纶不见。后来一天，张百熙大清早穿着官服，站在吴汝纶的门外（一说是跪在卧房门外）等候相见，吴汝纶只好答应了他的邀请。但是吴附带了一个条件，就是他要先到日本去考察几个月，回来后才能到任。张百熙答应了。不料吴汝纶从日本回来以后，不久就死了，竟没有来得及到京师大学堂就任。吴虽然没有到任，但是这个经过当时却传为美谈，我们学生听了，都很感于张百熙礼贤下士、为学校聘请名师的精神，和吴汝纶认真负责、虚心学习的精神。

民国成立，京师大学堂改名为北京大学，以严复为第一任校长，不过为时不久，后来又换过些别人。我于一九一五年进北大的时候，没有校长，由工科学长胡仁源兼代校长。文科学长是夏锡祺。当时的学系称为"门"。各系没有设系主任，系务由学长直接主持。原来京师大学堂的经科已废，经科的课程，有些废止了，有些分配到文科各门中。文科有四个门，即中国哲学、中国文学、中国历史和英文四个学门。

我入的是中国哲学门。在我们这个年级以前，还有一个年级。

　　一九一五年九月初，我到北京大学参加开学典礼。胡仁源主持会场，他作了一个简短的开幕词以后，英文门教授辜鸿铭（汤生）从主席台上站起来发言。我不知道这是预先安排好的，还是出于辜本人的临时冲动。他的发言很长，感情也很激动，主要的是骂当时的政府和一些社会上的新事物，大意是说，现在做官的人，都是为了保持他们的饭碗，他们的饭碗跟咱们的饭碗不同，他们的饭碗大得很，里边可以装汽车、姨太太。又说，现在人作文章都不通，所用的名词就不通，譬如说"改良"吧，以前的人都说"从良"，没有说"改良"的，既然已经是"良"了，你还改什么？你要改"良"为"娼"吗？他大概讲了一个钟头，都是这一类的谩骂之辞。他讲了以后，也没有别人发言，就散会了。当时民国已经成立四年了，辜鸿铭还拖着辫子来讲课。我没有去旁听过他的课，只听到英文门的同学说，他在讲堂上有时候也乱发议论，拥护君主制度，有一次竟说，现在社会大乱，主要的原因是没有君主。又曾说，比如说法律吧，你要说"法律"（说的时候小声），没有人害怕；你要说"王法"（大声，拍桌子），大家就害怕了，少了那个"王"字就不行。总之，凡是封建的东西，他认为都是好的。我还听人说，辜鸿铭在一个地方辩论婚姻制度问题，赞成一夫多妻制，曾说，现在我们这个桌子上一个茶壶带四个茶杯，用着很方便；要是用一个茶杯带四个茶壶，那就不像话了。

当时中国文学门的名教授是黄侃（季刚）。那时桐城派古文已经不行时了，代之而起的是章太炎一派的魏晋文（也可以称为"文选派"，不过和真正的"文选派"还是不同，因为他们不作四六骈体）。黄侃自命为风流人物，玩世不恭，在当时及后来的北大学生中传说他的轶闻轶事，我也不知道是真是假。比如说，他在北京，住在吴承仕（简斋）的一所房子中，他俩本来都是章太炎的学生，是很好的朋友，后来不知怎么闹翻了，吴承仕叫他搬家，黄侃在搬家的时候，爬到房梁上写了一行大字："天下第一凶宅"。又比如说，他在堂上讲书，讲到一个要紧的地方，就说，这里有个秘密，专靠北大这几百块钱的薪水，我还不能讲，你们要我讲，得另外请我吃饭。又比方说，黄侃有个学生，在"同和居"请客，他听见黄侃在隔壁一个房间说话（原来黄侃也在请客）就赶紧过去问好，不料黄侃对他批评起来，这个学生所谓的客已经到齐了，黄侃还不让这个学生走，这个学生心生一计，就把饭馆的人叫来交代说，今天黄先生在这里请客，无论花多少钱都上在我的账上，黄侃一听，就对那个学生说，好了，你走吧。

　　在中国哲学门里，有一位受同学尊敬的教授，叫陈介石（黼宸），他给我们讲中国哲学史、诸子哲学，还在中国历史门讲中国通史。据说，他是继承浙江永嘉学派的人，讲历史为韩侂胄翻案，说南宋末年一般人都忘了君父之仇，只有韩侂胄还想到北伐，恢复失地。他讲的是温州那一带的土话，一般人都听不懂，连好多浙江人也听不懂。他就以笔代口，先把讲稿印发出来，上课的时候，登上讲台，一言不发，就用粉笔在黑板上写，写得非常之快，学生们抄都来不及。下堂铃一响，他把粉笔一扔就走了。好在他写的跟讲义虽然大意相同，但是各成一套，不相重复，而且在下课铃响的时候，他恰好写到一个段落。最难得的，是他虽不说话，但却是诚心诚意地为学生讲课，真有点像庄子所说的"目击而道存"，说话成为多余的了。他的课我们上了一年，到一九一六年暑假后我再回到北大的时候，听说他已经病死了，同学们都很悲伤。

马夷初（叙伦）给我们开了一门课，叫"宋学"。上了一个学期，他因为反对袁世凯称帝，辞职回南方去了。学长夏锡祺不知从什么地方请了一位先生来接替马夷初。那时候，对于教师的考验，是看他能不能发讲义，以及讲义有什么内容。这位先生名不见经传，上课前又没发讲义，我们对他就有点怀疑。去了好几天，才发出三页讲义。其中有一个命题是"水为万物之源"。我们一看，都说这不像一个现代人所说的话。那时候我当班长，同学们叫我去找学长，说这位先生不行，请换人。学长说，你们说他不行，总得有个证据呀。我说他的讲义就是证据。学长说，讲义怎样讲错了，也得有个理由。我回到班里一说，同学们说，我们每个人都写出几条理由。这位先生的讲义只有油印的三页，我们一下子就写了十几条理由，可以说把它批得体无完肤。我送给学长。学长一看，也无话可说，只问：

这都是你们自己写的吗？我说是我们自己写的。学长说，等我再看看，不过有一条：你们不许跟这位先生直接说什么话或有什么表示，事情由学校解决。过了一两个星期，没有下文，只有当时的一个学监把我找去说，某某先生讲义上的错误，你们可以当堂同他辩论。我说，学长讲过，不许我们对他直接有所表示。学监说，彼一时此一时也。我了解他的意思，大概是学校讽令他辞职，他不肯，所以就让学生直接对付他。等他下一次来上课的时候，我们每一个人都带了几本《宋元学案》在堂上质问，原来他连《宋元学案》都没有见过。同学们哈哈大笑，他也狼狈而去。

一九一六年春天，蔡元培来北大担任校长。他是清朝的翰林，后来弃官不做，到德国去留学。通德文，翻译了一些书。用"兼通新旧，融合中西"这个标准说，他在学术界的地位是吴汝纶所不能比拟的。辛亥前后，他也奔走革命。孙中山担任临时大总统，在南京组织中华民国临时政府，蔡元培担任教育总长。孙中山"让位"后，蔡元培又担任南京临时参议院的代表，来北京催促袁世凯到南京就职。他在政治上的地位也是很高的。他担任北京大学校长，社会上无论哪个方面，都认为是最合适的人选。他到校后，没有开会发表演说，也没有发表什么文告来宣传他的办学宗旨和方针，只发了一个通告说：兹聘任陈独秀为文科学长。就这几个字，学生们全明白了，什么话也用不着说了。

他从德国回来的时候，立了三个原则，以约束自己。这三个原则是：一不做官，二不纳妾，三不打麻将。当时称为"三不主义"。北京大学校长也是由政府任命，但他认为这是办教育，不是做官。其余两条，也是针对着当时社会上的腐化现象而发的。参看上面所说的辜鸿铭的言论，就可知了。

　　我在北大当学生的时候，只到蔡元培的校长室去过两次。那时我的兄弟景兰在北京大学预科上学。河南省政府招考留学生，他要往开封去应考，需要一张北京大学的肄业证明书。时间紧迫，照普通的手续，已经来不及了。我写了一封信，直接跑到校长室。校长室是单独一所房子，设在景山东街校舍的一个旧式院子里。门口也没有传达的人，我就推门进去，屋里挂了一个大幔子，我掀开幔子，看见蔡元培正坐在办公桌后面看文件。我走上去，他欠了一欠身，问有什么事。我把信交给他，他看了，笑笑说，好哇，好哇，能够出去看看好哇。我说，那就请校长批几个字吧。他提起笔来就写了两个字："照发"。我拿着他的批示到文书科，看着他们办好证明书，我拿着证明书就走了。那时候，章士钊（行严）在北大，给一年级讲逻辑，我去旁听过两次。他原来讲的并不是逻辑，而是中国哲学史——墨经。我有几个问题，写信给章士钊，请他解答。他回我一封信，叫我在某一天晚上到校长办公室等他。我按时到了校长室，他还没有到。我坐在幔子外边等他。又陆陆续续来了些人，像是要开什么会的样子。最后，章士钊到了，他那时候年纪还比较轻，穿的也很讲究，风姿潇洒。他看见我，同我说了几句话，也没有解答问题。我看要开会，就退出来了。

以后我一直没有看见过蔡元培，因为他也不经常露面。一直到一九二三年，我在纽约哥伦比亚大学的时候，他到美国访问，到了纽约，北大的旧学生组织了一个随从班子，轮流着陪同他到各地方去。有几天，我们常在一起。有一天，在旅馆里，我们每人都拿出来一张纸，请他写字。我恰好有一把折扇，也请他写。他给每人都写了几句，各不相同。又一天晚上，在纽约的中国学生开会欢迎，人到的很多。蔡元培一进会场，所有的人都不约而同地站了起来，好像有人在那里指挥一样。有一个久在北京教育界做事的留学生说，我在中国教育界多年，还没有看见校长和学生间的关系这样好的。北大的学生向来自命甚高，可是见了老校长这样的恭敬，说明大家真是佩服蔡先生。

我在北京大学的时候，没有听过蔡元培的讲话，也没有看见他和哪个学生有私人接触。他所以得到学生们的爱戴，完全是人格的感召。道学家们讲究"气象"，譬如说周敦颐的气象如"光风霁月"。又如程颐为程颢写的《行状》说程颢"纯粹如精金，温润如良玉，宽而有制，和而不流。……视其色，其接物也如春阳之温；听其言，其入人也如时雨之润。胸怀洞然，彻视无间；测其蕴，则浩乎若沧溟之无际；极其德，美言盖不足以形容"。（《河南程氏文集》卷十一）这几句话，对于蔡元培完全适用。这绝不是夸张。我在第一次进到北大校长室的时候，觉得满屋子都是这种气象。

我有一个北大同学，在开封当了几十年中学校长。他对我说："别人都说中学难办，学生不讲理，最难对付，我说这话不对。其实学生是最通情达理的。当校长的只要能请来好教师，能够满足学生求知识的欲望，他们就满意了。什么问题都不会有。"他的这番话，确实是经验之谈。学校的任务，基本上是传授知识，大学尤其是如此。一个大学应该是各种学术权威集中的地方，只要是世界上已有的学问，不管它什么科，一个大学里面都应该有些权威学者，能够解答这种学科的问题。大学应该是国家的知识库，民族的智囊团。学校是一个"尚贤"的地方，谁有知识，谁就在某一范围内有发言权，他就应该受到尊重。《礼记·学记》说"师严然后道尊"，所尊的是他讲的那个道，并不是那某一个人。在现在的大学里，道就是马列主义、毛泽东思想，就是科学，就是技术，这都是应该尊重的。谁讲的好，谁就应该受尊重。再重复一句，所尊的是道，并不是人。在大动乱时期，人们把这句话误说为"师道尊严"，其实应该是说"师严道尊"。

张百熙、蔡元培深懂得办教育的这个基本原则，他们接受了校长职务以后，第一件事情，就是为学生选择名师。他们知道当时的学术界中，谁是有代表性的人物，先把这些人物请来，他们会把别的人物都合集起来。张百熙选中了吴汝纶。蔡元培选中了陈独秀。吴汝纶死得早了，没有表现出来他可能有的成绩。而陈独秀则是充分表现了的。

陈独秀到北大，专当学长，没有开课，也没有开过什么会，发表过什么演说，可以说没有同学生们正式见过面。只有一个故事，算是我们这一班同学同他有过接触。在我们毕业的时候，师生在一起照了一个相，老师们坐在前一排，学生们站在后边，陈独秀恰好和梁漱溟坐在一起。梁漱溟很谨慎，把脚收在椅子下面，陈独秀很随便，把脚一直伸到梁漱溟的前面。相片出来以后，我们的班长孙本文给他送去一张，他一看，说："照得很好，就是梁先生的脚伸得太远一点。"孙本文说："这是你的脚。"这可以说明陈独秀的"气象"是豪放的。

附带再说两点。陈独秀的旧诗作得不错，邓以蛰（叔存）跟他是世交，曾经对我说，陈独秀作过几首游仙诗，其中有一联是：

九天珠玉盈怀袖，

万里仙音响佩环。

抗日战争时期，我在重庆碰见沈尹默，谈起书法。沈尹默说，五四运动以前，陈独秀在他的一个朋友家里，看见沈尹默写的字，批评说："这个人的字，其俗在骨，是无可救药的了。"沈尹默说，他听了这个批评以后，就更加发愤写字。从"其俗在骨"这四个字，可以看出陈独秀对于书法评论的标准，不在于用笔、用墨、布局等技术问题，而在于气韵的雅俗。如果气韵雅，虽然技术方面还有些问题，那是可以救药的；如果气韵俗，即使在技术方面没有问题，也不是好书法，而且这种弊病是不可救药的。陈独秀评论书法，不注重书法的形态，而注重形态所表现的气韵，这不仅是他对于书法理论的根本思想，也是他对于一切文艺理论的根本思想，是他的美学思想。

以上所说的，大概就是在十年动乱中所批判的"智育第一""学术至上"吧！"学术至上"一经受到批判，就一变而为"学术至下"了。当时有人在农村提倡"穷过渡"，在学校中所提倡的，也可以说是愚过渡。好像非穷非愚，就不能过渡到共产主义，实践已经证明，这种极左思潮的危害性，是多么大了。随着"学术至上"而受到批判的是"为学术而学术"。历史唯物主义者应该知道，"为学术而学术"这个口号当时所针对的是"为做官而学术"。上面已经说过，在清末民初时代，人们还是把学校教育当成为变相的科举。哪一级的学校毕业，等于哪一级的科举功名，人们都有一个算盘。学术成了一种做官向上爬的梯子。蔡元培的"三不主义"中，首先提出"不做官"，就是针对着这种思想而发的。他当了北大校长以后，虽然没有开会宣传"不做官"的原则，但从他的用人开课这些措施中间，学生们逐渐懂得了，原来北京大学毕业并不等于科举时代的进士；学术并不是做官向上爬的梯子，学术就是学术。为什么研究学术呢？一不是为做官，二不是为发财，为的是求真理，这就叫"为学术而学术"。学生们逐渐知道，古今中外在学术上有所贡献的人，都是这样的一些人。就中国的历史说，那些在学术上有所贡献的人，都是在做官的余暇做学问的。他们都可以说是业余的学问家，学问的爱好者，虽然是业余做学问，可是成功以后，他们的成绩对于国家、人民和人类都大有好处。学问这种东西也很奇怪，你若是有所为而求它，大概是不能得到它。你若是无所为而求它，它倒是自己来了。作为业余的学术爱好者，为学术而学术，尚且可以得到成绩，有所贡献。如果有人能够把为学术而学术作为本业，那他的成绩必定更好，贡献必定更大。我认为，从学术界方面说，社会主义的优越性之一就是，能保证有一些人，能够在不求名、不求利而能生活的条件下，"为学术而学术"。大学就是这样的一种机构，它的作用，在社会主义的制度下，才能发挥出来。

在十年动乱时期，还批判了所谓"教授治校"。这也是蔡元培到北大后所推行的措施之一。其目的也是调动教授们的积极性，叫他们在大学中有当家做主的主人翁之感。当时的具体办法之一，是民主选举教务长。照当时的制度，校长之下，有两个长：一个是总务长，管理学校的一般行政事务；一个是教务长，管理教学科研方面的事务。蔡元培规定，教务长由教授选举，每两年改选一次。我在北大的时候，以学生的地位，还不很了解所谓"教授治校"究竟是怎么个治法。后来到了清华，以教授的地位，才进一步了解所谓"教授治校"的精神。

教授之所以为教授，在于他在学术上有所贡献，在他本行中是个权威，并不在于他在政治上有什么主张。譬如辜鸿铭，在民国已经成立了几年之后，还是带着辫子，穿清朝衣冠，公开主张帝制，但是他的英文水平很高，他可以教英文，北大就请他教英文。这在蔡元培到校以前就是事实，蔡元培到校后不但没有改变这个事实，还又加聘了一个反动人物，就是刘师培（申叔）。刘师培出身于一个讲汉学的旧家，清朝末年他在日本留学，说是留学，实际上是在东京讲中国学问。那时候，在东京这样的人不少，章太炎也是其中之一，比较年轻的人都以章太炎为师，而刘师培却是独立讲学的。这样的人也都受孙中山的影响，大多数赞成同盟会。刘师培也是如此。袁世凯计划篡国称帝的时候，为了制造舆论，办了一个"筹安会"，宣传只有实行帝制才可以使中国转危为安。筹安会有六个发起人，当时被讥讽地称为"六君子"，其中学术界有两个名人，一个是严复，一个是刘师培。在袁世凯被推翻以后，这六个人都成了大反动派。就是在这个时候，蔡元培聘请刘师培为中国文学教授，开的课是《中国中古文学史》。我也去听过一次讲，当时觉得他的水平确实高，像个老教授的样子，虽然他当时还是中年。他上课既不带书，也不带卡片，随便谈起来，头头是道，援引资料，都是随口背诵，同学们都很佩服。他没有上几课，就得病死了。

这就是所谓"兼容并包"。所谓"兼容并包",在一个过渡时期,可能是为旧的东西保留地盘,也可能是为新的东西开辟道路。蔡元培的"兼容并包"在当时是为新的东西开辟道路的。因为他的"兼容并包",固然是为辜鸿铭、刘师培之类的反动人物保留地盘,但更多的是为陈独秀、李大钊等革命人物开辟道路。毛主席也是顺着这条道路进入北大的。在他们的领导下,革命的道路越来越宽阔,革命的力量越来越壮大,终于导致了五四运动的高潮。

那个时候的北大,用一个褒义的名词说,是一个"自由王国",用一个贬义的名词说,是一个资产阶级自由化的王国,在蔡元培到北大以前,各学门的功课表都订得很死。既然有一个死的功课表,就得拉着教师讲没有准备的课,甚至他不愿意讲的课。后来,选修课加多了,功课表就活了。学生各人有各人的功课表。说是选修课也不很恰当,因为这些课并不是先有一个预订的表,然后拉着教师去讲,而是让教师说出他们的研究题目,就把这个题目作为一门课。对于教师说,功课表真是活了,他所教的课,就是他的研究题目,他可以随时把他研究的新成就充实到课程的内容里去,也可以用在讲课时所发现的问题发展他的研究。讲课就是发表他的研究成果的机会,研究成果就直接充实了他的教学内容。这样,他讲起来就觉得心情舒畅,不以讲课为负担,学生听起来也觉得生动活泼,不以听课为负担。这样，就把研究和教学统一起来。说统一，还是多了两个字，其实它们本来就是一回事。有一位讲《公羊春秋》的老先生崔适，他写了一部书，叫《春秋复始》，已经刻成木版，印成书了。蔡元培把他请来，给我们这一班开课。他不能有系统地讲今文经学，也不能有系统地讲《公羊春秋》，只能照着他的书讲他的研究成果。好，你就讲你的《春秋复始》吧。他上课，就抱着他的书，一个字一个字地念。以我们当时的水平，也提不出什么问题，他就是那么诚诚恳恳地念，我们也恭恭敬敬地听。开什么课，这是教师的自由，至于这个课怎么讲，那更是他的自由了。你可以说韩侂胄好，我可以说韩侂胄坏，完全可以唱对台戏。戏可以对台唱，为什么学术上不可以对堂讲呢？至于学生们，那就更自由了。他可以上本系的课，也可以上别系的课。你上什么课，不上什么课，没人管；你上课不上课也没人管。只到考试的时候你去参加就行。如果你不打算要毕业证书，不去参加考试也没人管。学校对于群众也是公开的。学校四门大开，上课铃一响，谁愿意来听课都可以到教室门口要一份讲义，进去坐下就听。发讲义的人，也不管你是谁，只要向他要，他就发，发完为止。有时应该上这门课的人，讲义没有拿到手，不应该上这门课的人倒先把讲义拿完了。当时有一种说法，说北大有三种学生，一种是正式学生，是经过入学考试进来的；一种是旁听生，虽然没有经过入学考试，可是办了旁听手续，得到许可的；还有一种是偷听生，既没有经过入学考试，也未办旁听手续，未经许可，自由来校听讲的。有些人在北大附近租了房子，长期住下当偷听生。

在这种情况下，旁听生和偷听生中可能有些是一本正经上课的，而正式生中有些人上课不上课反而很随便。当时有一种说法：在八大胡同（妓院集中的地方）去的人，比较多的是两院一堂的。两院指的是国会众议院和参议院的议员，一堂指的是北京大学（当时沿称大学堂）的学生。北大的这种情况，从蔡元培到校后已经改得多了，但仍有其人。有些学生在不上课的时候也并非全干坏事。顾颉刚曾告诉我说，他在北大当学生的时候，喜欢看戏，每天上午第二节课下课的时候，他就出校到大街上看各戏园贴的海报。老北京的人把看戏说成"听"戏。在行的人，在戏园里，名演员一登场，他就闭上眼睛，用手指头轻轻地打着拍子，静听唱腔。只有不在行的人才睁开眼睛，看演员的扮相，看武打，看热闹。顾颉刚是既不听，也不看，他所感兴趣的是戏中的故事。同是一个故事，许多戏种中都有，不过细节不同，看得多了，他发现一个规律：某一出戏，越是晚出，它演的那个故事就越详细，枝节越多，内容越丰富。故事也好像滚雪球一样，越滚越大。由此他想到，故事是人编出来的，经过编的人的手越多，内容就越丰富，古史可能也有写史的人编造的部分，经过写史的人的手，就有添油加醋的地方，经过的手越多，添油加醋的地方也越多。这是他的《古史辨》的基本思想，是他从看戏中得来的。

照上边所说的，北大当时的情况，似乎是乱七八糟，学生的思想，应该是一片混乱，派别分歧，莫衷一是。其实并不是那个样子。像上边所说的，辜鸿铭、刘师培、黄侃等人的言论行动，同学们都传为笑谈。传说的人是当成笑话说的，听的人也当成笑话听的。所谓"兼容并包"，不过是为几个个人保留领薪水的地方，说不上保留他们的影响。除了他们的业务外，他们也没有什么影响之可言。反之，为新事物开辟的道路，却是越来越宽阔，积极的影响越来越大。陈独秀当了文科学长以后，除了引进许多进步教授之外，还把他在上海举办的《青年》杂志，搬到北京，改名为《新青年》，成为北大进步教授发表言论的园地。学生们也写作了各种各样的文章，在校外报刊上发表。学生们还办了三个大型刊物，代表左、中、右三派。左派的刊物叫《新潮》，中派的刊物叫《国民》，右派的刊物叫《国故》。这些刊物都是由学生自己写稿、自己编辑、自己筹款印刷、自己发行，面向全国，影响全国的。派别是有的，但是只有文斗，没有武斗。

　　上边所引的那位中学校长说，学生是通情达理的，不仅通情达理，就是在大是大非的问题上，他们的判断水平也是不能低估的。当时已经是五四运动的前夕，新文化运动将近达到高潮，真是人才辈出，百花争艳，可以说是"汉之得人，于斯为盛"。就是这些人，提出了民主与科学的口号。就是这些人，采取了外抗强敌，内除国贼的行动。在中国历史中，类似的行动，在太学生中是不乏先例的，这是中国古代太学的传统。五四运动继承并且发扬了这个传统。

作者简介

冯友兰（1895—1990），河南南阳人，著名哲学家。历任中州大学（现河南大学）、广东大学、燕京大学教授，清华大学文学院院长兼哲学系主任，其哲学作品为中国哲学史的学科建设做出了重大贡献，被誉为"现代新儒家"。代表作有《中国哲学简史》《人生的境界》等。

我在清华大学念书的时候 [①] / 季羡林

> 我在清华4年，有两门课对我影响最大：一门是旁听而又因时间冲突没能听全的历史系陈寅恪先生的"佛经翻译文学"，一门是中文系朱光潜先生的"文艺心理学"，是一门选修课。这两门不属于西洋文学系的课程，我可万没有想到会对我终生产生了深刻而悠久的影响，决非本系的任何课程所能相比于万一。

我少无大志，从来没有想到做什么学者。中国古代许多英雄，根据正史的记载，都颇有一些豪言壮语，什么"大丈夫当如是也！"什么"彼可取而代也！"又是什么"燕雀安知鸿鹄之志哉？"真正掷地作金石声，令我十分敬佩，可我自己不是

① 选自《季羡林自传》，季羡林著，江苏文艺出版社，1996年版。

那种人。

在我读中学的时候，像我这种从刚能吃饱饭的家庭出身的人，唯一的目的和希望就是——用当时流行的口头语来说——能抢到一只"饭碗"。当时社会上只有三个地方能生产"铁饭碗"：一个是邮政局，一个是铁路局，一个是盐务稽核所。这三处地方都掌握在不同国家的帝国主义分子手中。在那半殖民地社会里，"老外"是上帝。不管社会多么动荡不安，不管"城头"多么"变幻大王旗"，"老外"是谁也不敢碰的。他们生产的"饭碗"是"铁"的，砸不破，摔不碎。只要一碗在手，好好干活，不违"洋"命，则终生会有饭吃，无忧无虑，成为羲皇上人。

我的家庭也希望我在高中毕业后能抢到这样一只"铁饭碗"。我不敢有违严命，高中毕业后曾报考邮政局。若考取后，可以当一名邮务生。如果勤勤恳恳，不出娄子，干上十年二十年，也可能熬到一个邮务佐，算是邮局里的一个芝麻绿豆大的小官了；就这样混上一辈子，平平安安，无风无浪。幸乎？不幸乎？我没有考上。大概面试的"老外"看我不像那样一块料，于是我名落孙山了。在这样的情况下，我才报考了大学。北大和清华都录取了我。我同当时众多的青年一样，也想出国去学习，目的只在"镀金"，并不是想当什么学者。"镀金"之后，容易抢到一只饭碗，如此而已。在出国方面，我以为清华条件优于北大，所以舍后者而取前者。后来证明，我这一宝算是押中了。这是后事，暂且不提。

清华是当时两大名牌大学之一，前身叫留美预备学堂，是专门培养青年到美国去学习的。留美若干年镀过了金以后，回国后多为大学教授，有的还做了大官。在这些人里面究竟出了多少真正的学者，没有人做过统计，我不敢瞎说。同时并存的清华国学研究院，是一所很奇特的机构，仿佛是西装革履中一袭长袍马褂，非常不协调。然而在这个不起眼的机构里却有名闻宇内的四大导师：梁启超、王国维、陈寅恪、赵元任。另外有一名年轻的讲师李济，后来也成了大师，担任了台湾"中央研究院"的院长。这个国学研究院，与其说它是一所现代化的学堂，毋宁说它是一所旧日的书院。一切现代化学校必不可少的繁琐的规章制度，在这里似乎都没有。师生直接联系，师了解生，生了解师，真正做到了循循善诱，因材施教。虽然只办了几年，梁、王两位大师一去世，立即解体，然而所创造的业绩却是非同小可。我不确切知道究竟毕业了多少人，估计只有几十个人，但几乎全都成了教授，其中有若干位还成了学术界的著名人物。听史学界的朋友说，中国二十世纪三十年代后形成了一个学术派别，名叫"吾师派"，大概是由某些人写文章常说的"吾师梁任公""吾师王静安""吾师陈寅恪"等衍变而来的。从这一件小事也可以看到清华国学研究院在学术界影响之大。

　　吾生也晚，没有能亲逢国学研究院的全盛时期。我于一九三〇年入清华时，留美预备学堂和国学研究院都已不再存在，清华改成了国立清华大学。清华有一个特点：新生投考时用不着填上报考的系名，录取后，再由学生自己决定入哪一个系；读上一阵，觉得不恰当，还可以转系。转系在其他一些大学中极为困难——比如说现在的北京大学，但在当时的清华，却真易如反掌。可是根据我的经验：世上万事万物都具有双重性。没有入系的选择自由，很不舒服；现在有了入系的选择自由，反而更不舒服。为了这个问题，我还真伤了点脑筋。系科盈目，左右掂量，好像都有点吸引力，究竟选择哪一个系呢？我一时好像变成了莎翁剧中的 Hamlet（哈姆雷特）碰到了 To be or not to be—That is the question（生存还是死亡，这是个问题）。我是从文科高中毕业的，按理说，文科的系对自己更适宜。然而我却忽然一度异想天开，想入数学系，真是"可笑不自量"。经过长时间的考虑，我决定入西洋文学系（后改名外国语文系）。这一件事也证明我"少无大志"，我并没有明确的志向，想当哪一门学科的专家。

　　当时的清华大学的西洋文学系，在全国各大学中是响当当的名牌。原因据说是由于外国教授多，讲课当然都用英文，连中国教授讲课有时也用英文。用英文讲课，这可真不得了呀！

只是这一条就能够发聋振聩，于是就名满天下了。我当时未始不在被振发之列，又同我那虚无缥缈的出国梦联系起来，我就当机立断，选了西洋文学系。

从一九三〇年到现在，六十七个年头已经过去了。所有的当年的老师都已经去世了。最后去世的一位是后来转到北大来的美国的温德先生，去世时已经活过了一百岁。我现在想根据我在清华学习四年的印象，对西洋文学系做一点评价，谈一谈我个人的一点看法。我想先从古希腊找一张护身符贴到自己身上："吾爱吾师，吾尤爱真理。"有了这一张护身符，我就可以心安理得，能够畅所欲言了。

我想简略地实事求是地对西洋文学系的教授阵容作一点分析。我说"实事求是"，至少我认为是实事求是，难免有不同的意见，这就是平常所谓的"仁者见仁，智者见智"了。我先从系主任王文显教授谈起。他的英文极好，能用英文写剧本，没怎么听他说过中国话。他是莎士比亚研究的专家，有一本用英文写成的有关莎翁研究的讲义，似乎从来没有出版过。他隔年开一次莎士比亚的课，在堂上念讲义，一句闲话也没有。下课铃一摇，合上讲义走人。多少年来，都是如此。讲义是否随时修改，不得而知。据老学生说，讲义基本上不做改动。他究竟有多大学问，我不敢瞎说。他留给学生最深的印象是他充当冰球裁判时那种脚踏溜冰鞋似乎极不熟练的战战兢兢如履薄冰的神态。

现在我来介绍温德教授。他是美国人，怎样到清华来的，我不清楚。他教欧洲文艺复兴文学和第三年法语。他终身未娶，死在中国。据说他读的书很多，但没见他写过任何学术文章。学生中流传着有关他的许多轶闻趣事。他说，在世界上所有的宗教中，他最喜爱的是伊斯兰教，因为伊斯兰教的"天堂"很符合他的口味。学生中流传的轶闻之一就是：他身上穿着五百块大洋买来的大衣（当时东交民巷外国裁缝店的玻璃橱窗中摆出一块呢料，大书"仅此一块"。被某一位冤大头买走后，第二天又摆出同样一块，仍然大书"仅此一块"。价钱比平常同样的呢料要贵上五至十倍），腋下夹着十块钱一册的《万人丛书》（*Everyman's Library*）（某一国的老外名叫 Vetch，在北京饭店租了一间铺面，专售西书。他把原有的标价剪掉，然后抬高四五倍的价钱卖掉），眼睛上戴着用八十块大洋配好但把镜片装反了的眼镜，徜徉在水木清华的林荫大道上，昂首阔步，醉眼蒙眬。

现在介绍翟孟生（P.D.Jamesov）教授。他也是美国人，教西洋文学史。听说他原是清华留美预备学堂的理化教员。后来学堂撤销，改为大学，他就留在西洋文学系。他大概是颇为勤奋，确有著作，而且是厚厚的大大的巨册，在商务印书馆出版，书名叫 A Survey of European Literature（《欧洲文学的调查》）。

读了可以对欧洲文学得到一个完整的概念。但是，书中错误颇多，特别是在叙述某一部名作的故事内容中，时有张冠李戴之处。学生们推测，翟老师在写作此书时，手头有一部现成的欧洲文学史，又有一本 Story Book，讲一段文学发展的历史事实；遇到名著，则查一查 Story Book，没有时间和可能尽读原作，因此名著内容印象不深，稍一疏忽，便出讹误。不是行家出身，这种情况实在是难以避免的。我们不应苛责翟孟生老师。

现在介绍吴可读（A.L.Pollard-Urquhart）教授。他是英国人，讲授中世纪文学。他既无著作，也不写讲义。上课时他顺口讲，我们顺手记。究竟学到了些什么东西，我早已忘到九霄云外去了。他还讲授当代长篇小说一课。他共选了五部书，其中包括当时才出版不太久但已赫赫有名的《尤利西斯》和《追忆逝水年华》。此外还有托马斯·哈代的《还乡》，伍尔芙和劳伦斯各一部。第一二部谁也不敢说完全看懂。我只觉迷离模糊，不知所云。根据现在的研究水平来看，我们的吴老师恐怕也未必能够全部透彻地了解。

现在介绍毕莲（A.M.Bille）教授。她是美国人。我也不清楚她是怎样到清华来的。听说她在美国教过中小学。她在清华讲授中世纪英语，也是一无著作，二无讲义。她的拿手好戏是能背诵英国大诗人 *Chaucer*（乔叟）的 *Canterbury Tales*（《坎特伯雷故事集》）开头的几段。听老同学说，每逢新生上她的课，她就背诵那几段，背得滚瓜烂熟，先给学生一个下马威。以后呢？以后就再也没有什么新花样了。年轻的学生们喜欢品头论足，说些开玩笑的话。我们说：程咬金还能舞上三板斧，我们的毕老师却只能砍上一板斧。

下面介绍两位德国教授。第一位是石坦安（Dr.Vov den Steinen），讲授第三年德语。不知道他的专长何在，只是教书非常认真，颇得学生的喜爱。此外我对他便一无所知了。第二位是艾克（Gustav Ecke），字锷风。他算是我的业师，他教我第四年德文，并指导我的学士论文。他在德国拿到过博士学位，主修的好像是艺术史。他精通希腊文和拉丁文，偏爱德国古典派的诗歌，对于其名最初隐而不彰后来却又大彰的诗人薛德林（Holderlin）情有独钟，经常提到他。艾克先生教书并不认真，也不愿费力。有一次我们几个学生请他用德文讲授，不用英文。他便用最快的速度讲了一通，最后问我们："Verstehen Sie etwas davon？"（你们听懂了什么吗？）我们瞠目结舌，敬谨答曰："No！"从此天下太平，再也没有人敢提用德文讲授的事。他学问是有的，曾著有一部厚厚的《宝塔》，是用英文写的，利用了很丰富的资料和图片，专门讲中国的塔。这一部书在国外汉学界颇有一些名气。他的另外一部专著是研究中国明代家具的，附了很多图表，篇幅也相当多。由此可见他的研究兴趣之所在。他工资极高，孤身一人，租赁了当时辅仁大学附近的一座王府，他就住在银安殿上，雇了几个听差和厨师。他收藏了很多中国古代名贵字画，坐拥画城，享受王者之乐。一九四六年，我回到北京时，他仍在清华任教。此时他已成了家，夫人是一位中国女画家，年龄比他小一半，年轻貌美。他们夫妇请我吃过烤肉。北京一解放，他们就流落到夏威夷。艾锷风老师久已谢世，他的夫人还健在。

我在上面提到过，我的学士论文是在艾锷风老师指导下写成的，是用英文写的，题目是 The Early Poems of F.Holderlin（《F.荷尔德林早期诗歌》）。英文原稿已经遗失，只保留下来了一份中文译文。一看这题目，就能知道是受到了艾先生的影响。现在回忆起来，我当时的德文水平不可能真正看懂薛德林的并不容易懂的诗句。当然，要说一点都不懂，那也不是事实。反正是半懂半不懂，囫囵吞枣，参考了几部《德国文学史》，写成了这一篇论文，分数是 E（excellent，优）。我年轻时并不缺少幻想力，这是一篇幻想力加学术探讨写成的论文。本章的题目是"学术研究的发轫阶段"。如果这就算学术研究的话，说它是"发轫"，也未尝不可。但是，这个"轫""发"得并不辉煌，里面并没有什么"天才的火花"。

现在再介绍西洋文学系的老师，先介绍吴宓（字雨僧）教授。他是美国留学生，是美国人文主义大师白碧德（Lrving Babbitt）的弟子，在国内不遗余力地宣传自己老师的学说。他反对白话文，更反对白话文学。他联合了一些志同道合者，创办了《学衡》杂志，文章一律是文言。他自己也用文言写诗，后来出版了《吴宓诗集》。在中国文坛上，他属于右倾保守集团，没有什么影响。他给我们讲授两门课：一门是"英国浪漫诗人"，一门是"中西诗之比较"。在美国他入的是比较文学系。在中国，他是提倡比较文学的先驱者之一。但是，他在这方面的文章却几乎不见。就以我为例，"比较文学"这个概念当时并没有形成。如果真有文章的话，他并不缺少发表的地方，《学衡》和天津《大公报·文学副刊》都掌握在他手中。留给我印象最深的只是他那些连篇累牍的关于白碧德人文主义的论述文章。在"英国浪漫诗人"这一堂课上，我记得最清楚的是他让我们背诵那些浪漫诗人的诗句，有时候要背得很长很长。理论讲授我一点也回忆不起来了。在"中西诗之比较"这一堂课上，除了讲点西方的诗和中国的古诗之外，关于理论我的回忆中也是一片空白。反之，最难忘的却是：他把自己一些新写成的旧诗也铅印成讲义，在堂上散发。他那有名的《空轩诗》就是在这种情况下发到我们手中的。雨僧先生生性耿直，古貌古心，却流传着许多"绯闻"。他似乎爱过追求过不少女士，最著名的一个是毛彦文。他曾有一首诗，开头两句是："吴宓苦爱○○○，三洲人士共惊闻。"隐含在三个○里面的人名，用押韵的方式呼之欲出。"三洲"指的是亚、欧、美。这虽是诗人的夸大，知道的人确实不少，这却是事实。他的《空轩诗》被学生在小报《清华周刊》上改写为打油诗，给他开了一个不大不小的玩笑。第一首的头两句被译成了"一见亚北貌似花，顺着秫秸往上爬"。"亚北"者，指一个姓欧阳的女生。关于这一件事，我曾在发表在香港《大公报·文学副刊》上的一篇谈叶公超先生的散文中写到过，这里不再重复。回头仍然讲吴先生的"中西诗之比较"这一门课。为这一门课我曾写过一篇论文，题目忘记了，是师命或者自愿，我也忘记了。内容依稀记得是把陶渊明同一位英国浪漫诗人相比较，当然不会比出什么东西来的。我在最近几年颇在一些文章和谈话中，对比较文学的"无限可比性"有所指责。x 和 y，任何两个诗人或其他作家都可以硬拉过来一比，有人称之为"拉郎配"，是一个很形象的说法。焉知六十多年前自己就是一个"拉郎配"者或始作俑者。自己向天上吐的唾沫最终还是落到自己脸上，岂不尴尬也哉！然而这个事实我却无法否认。如果这样的文章也能算科学研究的"发轫"的话，我的发轫起点实在是很低的。但是，话又说了回来，在西洋文学系教授群中，讲真有学问的，雨僧先生算是一个。

下面介绍叶崇智（公超）教授。他教我们第一年英语，用的课本是英国女作家 Jane Austen（简·奥斯汀）的《傲慢与偏见》。他的教学法非常离奇，一不讲授，二不解释，而是按照学生的座次——我先补充一句，学生的座次是并不固定的——从第一排右手起，每一个学生念一段，依次念下去。念多么长？好像也并没有一定之规，他一声令下：Stop！于是就Stop了。他问学生："有问题没有？"如果没有，就是邻座的第二个学生念下去。有一次，一个同学提了一个问题，他大声喝道："查字典去！"一声狮子吼，全堂愕然、肃然，屋里静得能听到彼此的呼吸声。从此天下太平，再没有人提任何问题了。就这样过了一年。公超先生英文非常好，对英国散文大概是很有研究的。可惜他惜墨如金，从来没见他写过任何文章。

在文坛上，公超先生大概属于新月派一系。他曾主编过——或者帮助编过一个纯文学杂志《学文》。我曾写过一篇散文《年》，送给了他。他给予这篇文章极高的评价，说我写的不是小思想、小感情，而是"人类普遍的意识"。他立即将文章送《学文》发表。这实出我望外，欣然自喜，颇有受宠若惊之感。为了表示自己的感激之情，兼怀有巴结之意，我写了一篇《我是怎样写起文章来的？》送呈先生。然而，这次却大出我意料，狠狠地碰了一个钉子。他把我叫了去，铁青着脸，把原稿掷给了我，大声说道："我一个字都没有看！"我一时目瞪口呆，赶快拿着文章开路大吉。个中原因我至今不解。难道这样的文章只有成了名的作家才配得上去写吗？此文原稿已经佚失，我自己是自我感觉极为良好的。平心而论，我在清华四年，只写过几篇散文：《年》《黄昏》《寂寞》《枸杞树》，一直到今天，还是一片赞美声。清夜扪心，这样的文章我今天无论如何也写不出来了。我一生从不敢以作家自居，而只以学术研究者自命。然而具有讽刺意味的是：如果说我的学术研究起点很低的话，我的散文创作的起点应该说是不低的。

公超先生虽然一篇文章也不写，但是，他并非懒于动脑筋的人。有一次，他告诉我们几个同学，他正考虑一个问题：在中国古代诗歌中人的感觉——或者只是诗人的感觉的转换问题。他举了一句唐诗："静听松风寒。"最初只是用耳朵听，然而后来却变成了躯体的感受"寒"。虽然后来没见有文章写出，却表示他在考虑一些文艺理论的问题。当时教授与学生之间有明显的鸿沟：教授工资高，社会地位高，存在决定意识，由此就形成了"教授架子"这一个词儿。我们学生只是一群有待于到社会上去抢一只饭碗的碌碌青年。我们同教授们不大来往，路上见了面，也是望望然而去之，不敢用代替西方"早安""晚安"一类的致敬词儿的"国礼"："你吃饭了吗？""你到哪里去呀？"去向教授们表示敬意。公超先生后来当了大官：台湾的"外交部长"。关于这一件事，我同我的一位师弟——一位著名的诗人有不同的看法。我曾在香港《大公报·文学副刊》上发表过的一篇文章中提到此事。此文上面已提到。

现在再介绍一位不能算是主要教授的外国女教授，她是德国人华兰德（Holland）小姐，讲授法语。她满头银发，闪闪发光，恐怕已经有了一把子年纪，终身未婚。中国人习惯称之为"老姑娘"。也许正因为她是"老姑娘"，所以脾气有点变态。用医生的话说，可能就是迫害狂。她教一年级法语，像是教初小一年级的学生。后来我领略到的那种德国外语教学方法，她一点都没有。极简单的句子，翻来覆去地教，令人从内心深处厌恶。她脾气却极坏，又极怪，每堂课都在骂人。如果学生的卷子答得极其正确，让她无辫子可抓，她就越发生气，气得简直浑身发抖，面红耳赤，开口骂人，语无伦次。结果是把百分之八十的学生全骂走了，只剩下我们五六个不怕骂的学生。我们商量"教训"她一下。有一天，在课堂上，我们一齐站起来，对她狠狠地顶撞了一番。大出我们所料，她屈服了。从此以后，天下太平，再也没有看到她撒野骂人了。她住在当时燕京大学南面军机处的一座大院子里，同一个美国"老姑娘"相依为命。二人合伙吃饭，轮流每人管一个月的伙食。在这一个月中，不管伙食的那一位就百般挑剔，恶毒咒骂。到了下个月，人变换了位置，骂者与被骂者也颠倒了过来。总之是每月每天必吵。然而二人却谁也离不开谁，好像吵架已经成了生活的必不可缺的内容。

我在上面介绍了清华西洋文学系的大概情况，决没有一句谎言。中国古话：为尊者讳，为贤者讳。这道理我不是不懂。

但是为了真理，我不能用撒谎来讳，我只能据实直说。我也决不是说，西洋文学系一无是处。这个系能出像钱钟书和万家宝（曹禺）这样大师级的人物，必然有它的道理。我在这里无法详细推究了。

专就我个人而论，专从学术研究发轫这个角度上来看，我认为，我在清华四年，有两门课对我影响最大：一门是旁听而又因时间冲突没能听全的历史系陈寅恪先生的"佛经翻译文学"，一门是中文系朱光潜先生的"文艺心理学"，是一门选修课。这两门不属于西洋文学系的课程，我可万没有想到会对我终生产生了深刻而悠久的影响，决非本系的任何课程所能相比于万一。陈先生上课时让每个学生都买一本《六祖坛经》。我曾到今天的美术馆后面的某一座大寺庙里去购买此书。先生上课时，任何废话都不说，先在黑板上抄写资料，把黑板抄得满满的，然后再根据所抄的资料进行讲解分析；对一般人都不注意的地方提出崭新的见解，令人顿生石破天惊之感，仿佛酷暑饮冰，凉意遍体，茅塞顿开。听他讲课，简直是最高最纯的享受。这同他写文章的做法如出一辙。当时我对他的学术论文已经读了一些，比如《四声三问》等等。每每还同几个同学到原物理楼南边王静安先生纪念碑前，共同阅读寅恪先生撰写的碑文，觉得文体与流俗不同，我们戏说这是"同光体"。有时在路上碰到先生腋下夹着一个黄布书包，走到什么地方去上课，步履稳重，目不斜视，学生们都投以极其尊重的目光。

朱孟实（光潜）先生是北大的教授，在清华兼课。当时他才从欧洲学成归来。他讲"文艺心理学"，其实也就是美学。他的著作《文艺心理学》还没有出版，也没有讲义，他只是口讲，我们笔记。孟实先生的口才并不好，他不属于能言善辩一流，而且还似乎有点怕学生，讲课时眼睛总是往上翻，看着天花板上的某一个地方，不敢瞪着眼睛看学生。可他一句废话也不说，慢条斯理，操着安徽乡音很重的蓝青官话，讲着并不太容易理解的深奥玄虚的美学道理，句句仿佛都能钻入学生心中。他显然同鲁迅先生所说的那一类，在外国把老子或庄子写成论文让洋人吓了一跳，回国后却偏又讲康德、黑格尔的教授，完全不可相提并论。他深通西方哲学和当时在西方流行的美学流派，而对中国旧的诗词又极娴熟。所以在课堂上引东证西或引西证东，触类旁通，头头是道，毫无扞格牵强之处。我觉得，这才是真正的比较文学，比较诗学。这样的本领，在当时是凤毛麟角，到了今天，也不多见。他讲的许多理论，我终身难忘，比如 Theodor Lipps（立普斯）的"感情移入说"，到现在我还认为是真理，不能更动。

陈、朱二师的这两门课，使我终生受用不尽。虽然我当时还没有敢梦想当什么学者，然而这两门课的内容和精神却已在潜移默化中融入了我的内心深处。如果说我的所谓"学术研究"真有一个待"发"的"韧"的话，那个"韧"就隐藏在这两门课里面。

作者简介

季羡林（1911—2009），山东临清人，东方学大师、语言学家、文学家、国学家、佛学家、史学家、教育家和社会活动家。早年留学国外，通英、德、梵、巴利文，能阅俄、法文，尤精于吐火罗文，其著作汇编成《季羡林文集》。

忆清华（节录）① / 梁实秋

> 一座图书馆的价值，不在于其建筑之雄伟，亦不尽在于
> 其庋藏之丰富，而是在于其是否被人充分地加以利用。
> 卷帙纵多，尘封何益。

　　我在清华读过八年书，由十四岁到二十二岁，自然有不可磨灭的印象，难以淡忘的感情。我曾写过一篇《清华八年》，略叙我八年的经过。兹篇所述，偏重我所接触的师友及一些琐事之回忆。

　　……我记得，北平清华园的大门，上面横匾"清华园"三个大字。字不见佳，是清大学士那桐题的。遇有庆典之日，

---

① 选自《过去的学校：回忆录》，钟叔河、朱纯编，湖南教育出版社，1982年版。本文为梁实秋同名文章节选。

门口交叉两面国旗——五色旗。通往校门的马路是笔直一条碎石路，上面铺黄土，经常有清道夫一勺一勺地泼水。校门前小小一块广场，对面是一座小桥。桥畔停放人力车，并系着几匹毛驴。

门口内，靠东边有小屋数楹，内有一土著老者，我们背后呼之为张老头。他职司门禁，我们中等科的学生非领有放行木牌不得越校门一步。他经常手托着水烟袋，穿着黑背心，笑容可掬。我们若是和他打个招呼，走出门外买烤白薯、冻柿子，他也会装糊涂点点头，连说"快点儿回来，快点儿回来"。

校门以内是一块大空地，绿草如茵。有一条小河横亘草原，河以南靠东边是高等科，额曰"清华学堂"，也是那桐手笔。校长办公室在高等科楼上。民国四年我考取清华，由父执陆听秋（震）先生送我入校报到。陆先生是校长周诒春（寄梅）先生的圣约翰同学。我们进校先去拜见校长。校长指着墙上的一幅字要我念，我站到椅子上才看清楚。我没有念错，他点头微笑。我想我对他的印象比他对我的印象好。

河以北是中等科，一座教室的楼房之外，便是一排排的寝室。现在回想起来，像是编了号的监牢。我起初是六个人一间房，后来是四人一间。室内有地板，白灰墙白灰顶，四白落地。铁床草垫，外配竹竿六根以备夏天支设蚊帐。有窗户，无纱窗，无窗帘。每人发白布被单、白布床罩各二；又白帆布口袋二，装换洗衣服之用，洗衣作房隔日派人取送。每两间寝室共用一具所谓"俄罗斯火炉"，墙上有洞以通暖气，实际上也没有多少暖气可通。但是火炉下面可以烤白薯，夜晚香味四溢。浴室、厕所在西边毗邻操场。浴室备铝铁盆十几个。浴者先签到报备，然后有人来倒冷热水。一个礼拜不洗，要宣布姓名；仍不洗，要派员监视勒令就浴。这规矩好像从未严格执行，因为请人签到或签到之后就开溜，种种方法早就有人发明了。厕所有九间楼之称，不知是哪位高手设计。厕在楼上，地板挖洞，下承大缸。如厕者均可欣赏"板斜尿流急，坑深屎落迟"的景致。而白胖大蛆万头攒动争着要攀据要津，蹲踬失势者纷纷黜落的惨象乃尽收眼底。严冬朔风鬼哭神号，胆小的不敢去如厕，往往随地便溺，主事者不得已特备大木桶晚间抬至寝室门口阶下。桶深阶滑，有一位同学睡眼蒙眬不慎失足，几遭灭顶（这位同学我在抗战之初偶晤于津门，已位居银行经理，谈及往事相与大笑）。

大礼堂是后造的。起先集会都在高等科的一个小礼堂里，凡是演讲、演戏、俱乐会都在那里举行。新的大礼堂在高等科与中等科之间，背着小河，前临草地，是罗马式的建筑，有大石柱，有圆顶，能容千余人，可惜的是传音性能不甚佳。在这大礼堂里，周末放电影，每次收费一角，像白珠小姐（Pearl White）主演的《蒙头人》（*Hooded Terror*）连续剧，一部接着一部，美女蒙难，紧张恐怖，虽是黑白无声，也很能引发兴趣，贾波林（卓别林）、陆克的喜剧更无论矣。我在这个礼堂演过两次话剧。

科学馆是后建的，体育馆也是。科学馆在大礼堂前靠右方。我在里面曾饱闻科罗芳的味道，切过蚯蚓，宰过田鸡（事实上是李先闻替我宰的，我怕在田鸡肚上划那一刀）。后来校长办公室搬在科学馆楼上。教务处也搬进去了。原来的校长室变成了学生会的会所，好神气！

体育馆在清华园的西北隅，虽然不大，有健身房，有室内游泳池，在当年算是很有规模的了。在健身房里我练过跳木马、攀杆子、翻筋斗、爬绳子、张飞卖肉……游泳池我不肯利用，水太凉，不留心难免喝一口，所以到了毕业之日游泳考试不及格者有两个人，一个是赵敏恒，一个不用说就是区区我。

图书馆在园之东北，中等科之东，原来是平房一座，后建大楼，后又添两翼，踵事增华，蔚为大观。阅览室二，以软木为地板，故走路无声，不惊扰人。书库装玻璃地板，故透光，不需开灯。在当时都算是新的装备。一座图书馆的价值，不在于其建筑之雄伟，亦不尽在于其庋藏之丰富，而是在于其是否被人充分的加以利用。卷帙纵多，尘封何益。清华图书馆藏书相当丰富，每晚学生麇集，阅读指定参考书，座无虚席。大部头的手抄的四库全书，我还是在这里首次看到。

校医室在体育馆之南，小河之北。小小的平房一幢，也有病床七八张。舒美科医师主其事，后来换了一位肥胖的包克女医师。我因为患耳下腺炎曾住院两天，记得有两位男护士在病房对病人大谈其性故事与性经验，我的印象恶劣。

工字厅在河之南，科学馆之背后，乃园中最早之建筑，作工字形，故名。房屋宽敞，几净窗明，为招待宾客之处，平素学生亦可借用开会。工字厅的后门外有一小小的荷花池，池后是一道矮矮的土山，山上草木蓊郁。凡是纯中国式的庭园风景，有水必有山，因为挖地作池，积土为山，乃自然的便利。有昆明湖则必安有万寿山，不过其规模较大而已。清华的荷花池，规模小而景色佳，厅后对联一副颇为精采——

槛外山光历春夏秋冬万千变幻都非凡境
窗中云影任东西南北去来澹荡洵是仙居

横额是"水木清华"四个大字。联语原为广陵驾鹤楼杏轩沈广文之作，此为祁隽藻所书。祁隽藻是嘉庆进士、大学士。所谓"仙居"未免夸张，不过在一片西式建筑之中保留了这样一块纯中国式的环境，的确别有风味。英国诗人华次渥兹（华兹华斯）说，人在情感受了挫沮的时候，自然景物会有疗伤的作用。我在清华最后两年，时常于课余之暇，陟小山，披荆棘，巡游池畔一周，不知消磨了多少黄昏。闻一多临去清华时用水彩画了一幅"荷花池畔"赠我。我写了一首白话新诗《荷花池畔》刊在《创造季刊》上，不知是郭沫若还是成仿吾还给我改了两个字。

荷花池的东北角有个亭子，这是题中应有之义，有山有水焉能无亭无台？亭附近高处有一口钟，是园中报时之具，每半小时敲一次，仿一般的船上敲钟的方法，敲两下表示是一点或五点或九点，一点半是当当、当，两点半是当当、当当、当。余类推。敲钟这份差事也不好当，每隔半小时就得去敲一次，分秒不爽而且风雨无阻。

工字厅的西南有古月堂，是几个小院落组成的中国式房屋，里面住的是教国文的老先生。有些位年轻的教英文的教师记得好像是住在工字厅，美籍教师则住西式的木造洋房，集中在图书馆以北一隅。从住房的分配上也隐隐然可以看出不同的身份。

清华园以西是一片榛莽未除的荒地，也有围墙圈起，中间有一小土山耸立，我们称之为西园。小河经过处有一豁口，可以走进沿墙巡视一周，只见一片片的"萑苇被渚，蒹葭抽涯"，好像是置身于陶然亭畔。有一回我同翟桓赴西园闲步，水闸处闻泼剌声，俯视之有大鱼盈尺在石坂上翻跃，乃相率褰裳跣足，合力捕获之，急送厨房，烹而食之，大膏馋吻。

孩子没有不馋嘴的，其实岂止孩子？清华校门内靠近左边围墙有一家"嘉华公司"，招商承办，卖日用品及零食，后来收回自营，改称为售品所，我们戏称去买零食为"上售"。零食包括：热的豆浆、肉饺、栗子、花生之类。饿的时候，一碗豆浆加进砂糖，拿起一枚肉饺代替茶匙一搅，顷刻间三碗豆浆一包肉饺（十枚）下肚，鼓腹而出。最妙的是，当局怕学生把栗子皮剥得狼藉满地，限令栗子必须剥好皮才准出售，糖炒栗子从没有过这种吃法。在清华那几年，正是生长突盛的时期，食量惊人。清华的膳食比较其他学校为佳，本来是免费的，我入校那年改为缴半费，我每月交三元半，学校补助三元。八个人一桌，四盘四碗四碟咸菜，盘碗是荤素各半，馒头白饭管够。冬季四碗改为火锅。早点是馒头稀饭咸菜四色，萝卜干、八宝菜、腌萝卜、腌白菜，随意加麻油。每逢膳时，大家挤在饭厅门外，我的感觉不是饥肠辘辘，是胃里长鸣。我清楚地记得，上第四堂课《西洋文学大纲》时，选课的只有四五人，所以就到罗伯森先生家里去听讲，我需要用手按着胃，否则肚里会呜呜地大叫。我吃馒头的最高纪录是十二个。斋务人员在饭厅里单占一桌，学生们等他们散去之后纷纷喊厨房添菜，不是木樨肉，就是肉丝炒辣椒，每人呼呼地添一碗饭。

清华对于运动凤来热心。校际球类比赛如获胜利，照例翌日放假一天，鼓舞的力量很大。跻身于校队，则享有特殊伙食以维持其体力，名之为"训练桌"，同学为之侧目。记得有一年上海南洋大学足球队北征，清华严阵以待。那一天朔风刺骨，围观的人个个打哆嗦而手心出汗。清华大胜，以中锋徐仲良半右锋关颂韬最为出色。徐仲良脚下劲足，射门时球应声入网，其疾如矢。关颂韬最善盘球，左冲右突不离身，三两个人和他抢都奈何不了他。其他的队员如陆懋德、华秀升、姚醒黄、孟继懋、李汝祺等均能称职。生平看足球比赛，紧张刺激以此为最。篮球赛之清华的对手是北师大，其次是南开，年年互相邀赛，全力以赴，互有胜负。清华的阵容主要的以时昭涵、陈崇武为前锋，以孙立人、王国华为后卫。昭涵悍锐，崇武刁钻，立人、国华则稳重沉着。五人联手，如臂使指，进退恍忽，胜算较多。不能参加校队的，可以参加级队，不能参加级队的甚至可以参加同乡队、寝室队，总之是一片运动狂。我非健者，但是也踢破过两双球鞋，打破过几只网拍。

当时最普通而又最简便的游戏莫过于"击嘎儿"。所谓"嘎儿"者，是用木头楦出来的梭形物，另备木棍一根如擀面杖一般，略长略粗。在土地上掘一小沟，以嘎儿斜置沟之一端，持杖猛敲嘎儿之一端，则嘎儿飞越而出，愈远愈好。此戏为两人一组。一人击出，另一人试接，如接到则二人交换位置；如未接到则拾起嘎儿掷击平放在沟上之木棍，如未击中则对方以木杖试量其差距，以为计分。几番交换击接，计分较少之一方胜。清华并不完全洋化，像这样的井市小儿的游戏实在很土，其他学校学生恐怕未必屑于一顾，而在清华有一阵几乎每一学生手里都持有一杖一梭。每天下午有一个老铜锁匠担着挑子来到运动场边，他的职业本来是配钥匙开锁，但是他的副业喧宾夺主，他管修网球拍，补皮球胎，缝破皮鞋，发售木杖木嘎儿，以及其他零碎委办之事，他是园中一个不可或缺的服务者。

…………

我们的制服整齐美观，厚呢的帽子宽宽的帽檐，烫得平平的。户外活动比较有趣，圆明园旧址就在我们隔壁，野径盘纡，荒纤交互，正是露营的好去处。用一根火柴发火炊饭，不是一件容易事。饭煮成焦粑或稀粥，也觉得好吃。五四之后清华学生排队进城，队伍整齐，最能赢得都人喝彩。

我的课外活动不多，在中二中三时曾邀约同学组织成了一个专门练习书法的"戏墨社"，愿意参加的不多，大家忙着学英文，谁有那么多闲情逸致讨此笔砚生涯？和我一清早就提前起床，在吃早点点名之前作半小时余的写字练习的，有吴卓、张嘉铸等几个人。吴卓临赵孟頫的《天冠山图咏》，柔媚潇洒，极有风致；张嘉铸写魏碑，学张廉卿，有古意；我写汉隶，临张迁，仅略得形似耳。我们也用白摺子写小楷。包世臣的《艺舟双楫》、康有为的《广艺舟双楫》是我们这时候不断研习的典籍。我们这个结社也要向学校报备，还请了汪鸾翔（巩庵）先生做导师，几度以作业送呈过目，这位长髯飘拂的略有口吃的老师对我们有嘉勉但无指导。怪我毅力不够，勉强维持两年就无形散伙了。

进高等科之后，生活环境一变，我已近成年，对于文学发生热烈的兴趣。邀集翟桓、张忠绂、顾毓琇、李迪俊、齐学启、吴锦铨等人组织"小说研究社"，出版了一册《短篇小说作法》，还占据了一间寝室作为社址。稍后扩大了组织，改名为"清华文学社"，吸收了孙大雨、谢文炳、饶孟侃、杨世恩等以及比我们高三班的闻一多，共约三十余人。朱湘落落寡合，没有加入我们的行列，后终与一多失和，此时早已见其端倪。一多年长博学，无形中是我们这集团的领袖，和我最称莫逆。我们对于文学没有充分的认识，仅于课堂上读过少数的若干西方文学作品，对于中国文学传统亦所知不多，尚未能形成任何有系统的主张。有几个人性较浪漫，故易接近当时《创造社》一派。我和闻一多所作之《冬夜草儿评论》即成于是时。同学中对于我们这一批吟风弄月讴歌爱情的人难免有微词，最坦率的是梅汝璈，他写过一篇《辟文风》投给清华周刊，我是周刊负责的编辑之一，当即为之披露，但是下一期周刊中我反唇相稽辞而辟之。

说起《清华周刊》，那是我在高四时致力甚勤的一件事。

周刊为学生会主要活动之一，由学校负责经费开支，虽说每期五六十页不超过一百页，里面有社论、有专论、有新闻、有文艺，俨然是一本小型综合杂志，每周一期，编写颇为累人。总编辑是吴景超，他做事有板有眼，一丝不苟。景超和我、顾毓琇、王化成四人同寝室。化成另有一批交游，同室而不同道。每到周末，我们三个人就要聚在一起，商略下一期周刊内容。社论数则是由景超和我分别撰作，交相评阅，常常秉烛不眠，务期斟酌于至当，而引以为乐。周刊的文艺一栏特别丰富，有时分印为增刊，厚达二百页。

高四的学生受到学校的优遇。全体住进一座大楼，内有暖气设备，有现代的淋浴与卫生设备。不过也有少数北方人如厕只能蹲而不能坐，则宁可远征中等科照顾九间楼。高四一年功课并不松懈，惟心情愉快，即将与校园告别，反觉依依不舍。我每周进城，有时策驴经大钟寺趋西直门，蹄声得得，黄尘滚滚，赶脚的跟在后面跑，气咻咻然。多半是坐人力车，荒原古道，老树垂杨，也是难得的感受，途经海甸少不得要停下，在仁和买几瓶莲花白或桂花露，再顺路买几篓酱瓜酱菜，或是一匣甜咸薄脆，归家共享。

这篇文字无法结束，若是不略略述及我所怀念的六十多年前的几位师友。

首先是王文显先生，他做教务长相当久，后为清华大学英语系主任，他的英文名字是 J.Wang Quincey，我没见过他的中文签名，听人说他不谙中文，从小就由一位英国人抚养，在英国受教育，成为一位十足的英国绅士。他是广东人，能说粤语，为人稳重而沉默，经常骑一辆脚踏车，单手扶着车把，岸然游行于校内。他喜穿一件运动上装，胸襟上绣着英国的校徽（是牛津还是剑桥我记不得了），在足球场上做裁判。他的英语讲得太好了，不但纯熟流利，而且出言文雅，音色也好，听他说话乃是一大享受，比起语言粗鲁的一般美国人士显有上下床之别。我不幸没有能在他班上听讲，但是我毕业之后任教北大时，曾两度承他邀请参加清华留学生甄试，于私下晤对言谈之间，听他叙述英国威尔逊教授如何考证莎士比亚的版本，头头是道，乃深知其于英国文学的知识之渊博。先生才学深邃，而不轻表露，世遂少知之者。

　　巢堃霖先生是我的英文老师，他也是受过英国传统教育的学者，英语流利而又风趣。我记得他讲解一首伯朗宁的小诗《法军营中轶事》，连读带做，有声有色。我在班上发问答问，时常故作刁难，先生不以为忤。

　　在中等科教过我英文的有马国骥、林玉堂、孟宪成诸先生。马先生说英语夹杂上海土话，亦庄亦谐，妙趣横生。林先生长我五六岁，圣约翰毕业后即来清华任校，先生后改名为语堂，当时先生对于胡适白话诗甚为倾倒，尝于英文课中在黑板上大书"人力车夫，人力车夫，车来如飞……"，然后朗诵，击节称赏。我们一九二三级的"级呼"（Class Yell）是请先生给我们作的：

Who are，Who are，Who are we？ we are，we are，twenty-three. Ssss bon-bah！

孟先生是林先生的同学，后来成为教育学家。林先生活泼风趣，孟先生凝重细腻。记得孟先生教我们读《汤伯朗就学记》（通译《汤姆布朗的求学时代》）（Tom Brown's Schooldays），这是一部文学杰作，写英国勒格贝公共学校的学生生活，先生讲解精详，其中若干情况至今不能忘。

教我英文的美籍教师有好几位，我最怀念的是贝德女士（Miss Baeder），她教我们"作文与修辞"，我受益良多。她教我们作文，注重草拟大纲的方法。题目之下分若干部分，每部分又分若干节，每节有一个提纲挈领的句子。有了大纲，然后再敷演成为一篇文字。这方法其实是训练思想，使不枝不蔓层次井然，用在国文上也同样有效。她又教我们议会法，一面教我们说英语，一面教我们集会议事的规则（也就是孙中山先生所讲的民权初步），于是我们从小就学会了什么动议、附议、秩序问题、权利问题，等等，终身受用。大抵外籍教师教我们英语，使用各种教材教法，诸如辩论、集会、表演、游戏之类，而不专门致力于写、读、背，而是于实际使用英语中学习英语。还有一位克利门斯女士（Miss Clemens）我也不能忘，她年纪轻，有轻盈的体态，未开言脸先绯红。

教我音乐的是西莱女士（Miss Seeley），教我图画的是斯塔女士（Miss Starr）和李盖特女士（Miss Liggate），我上她们的课不是受教，是享受。所谓如沐春风不就是享受么？教我体育的是舒美科先生、马约翰先生，马先生黑头发绿眼珠，短小精悍，活力过人，每晨十时，一声铃响，全体自课室蜂拥而出，排列在一个广场上，"一、二、三、四，二、二、三、四……"连做十五分钟的健身操，风霜无阻，也能使大家出一头大汗。

我的国文老师当中，举人进士不乏其人，他们满腹诗书自不待言，不过传授多少给学生则是另一问题。清华不重国文，课都排在下午，毕业时成绩不计，教师全住在古月堂自成一个区域。我怀念徐镜澄先生，他教我作文莫说废话，少用虚字，句句要挺拔，这是我永远奉为圭臬的至理名言。我曾经写过一篇记徐先生的文章，兹不赘。陈敬侯先生是天津人，具有天津人特有的幽默，除了风趣的言谈之外，还逼我们默写过好多篇古文。背诵之不足，继之以默写，要把古文的格调声韵砸到脑子里去。汪鸾翔先生以他的贵州的口音结结巴巴地说："有人说，国国文没没趣味，国国文怎能没没有趣味，趣味就在其中啦！"当时听了当做笑话，现在体会到国文的趣味之可意会而不可言传，真是只好说是"在其中"了。

八年同窗好友太多了，同级的七八十人如今记得姓名的约有七十，有几位我记得姓而忘其名，更有几位我只约记得面貌。

我在清华最后两年，因为热心于学生会的活动，和罗努生、何浩若、时昭瀛来往较多。浩若曾有一次对我说："当年清华学生中至少有四个人不是好人，一个是努生，一个是昭瀛，一个是区区我，一个是阁下你。应该算是四凶。常言道，'好人不长寿'，所以我对于自己的寿命毫不担心。如今昭瀛年未六十遽尔作古，我的信心动摇矣！"他确是信心动摇，不久亦成为九泉之客。其实都不是坏人，只是年少轻狂不大安分。我记得有一次演话剧，是陈大悲的《良心》，初次排演的时候斋务主任陈筱田先生在座（他也饰演一角），他指着昭瀛说："时昭瀛扮演那个坏蛋，可以无需化妆。"哄堂大笑。昭瀛一瞪眼，眼睛比眼镜还大出一圈。他才思敏捷，英文特佳。为了换取一点稿酬，译了我的《雅舍小品》，孟瑶的《心园》，张其昀的《孔子传》。不幸在出使巴西任内去世。努生的公私生活高潮迭起，世人皆知，在校时扬言"九年清华三赶校长"，我曾当面戏之曰："足下才高于学，学高于品。"如今他已下世，我仍然觉得"世人皆欲杀，吾意独怜才"。至于浩若，他是清华同学中唯一之文武兼资者，他在清华的时候善写古文，波浪壮阔。在美国读书时倡国家主义最为激烈，返国后一度在方鼎英部下任团长，抗战期间任物资局长，晚年萧索，意气消磨。

我清华最后一年同寝室者，吴景超与顾毓琇，不可不述。景超徽州歙县人，永远是一袭灰布长袍，道貌岸然，循规蹈矩，刻苦用功。好读史迁，故大家称呼之为太史公。为文有法度，处事公私分明。供职经济部所用邮票分置两纸盒内，一供公事，一供私函，决不混淆。可见其为人之一斑。毓琇江苏无锡人，治电机，而于诗词戏剧小说无所不窥，精力过人。为人机警，往往适应局势猛着先鞭。还有两个我所敬爱的人物。一个是潘光旦，原名光亶，江苏宝山人，因伤病割去一腿。徐志摩所称道的"胡圣潘仙"，胡圣是适之先生，潘仙即光旦，以其似李铁拐也。光旦学问渊博，融贯中西，治优生学，后遂致力于我国之谱牒，时有著述，每多发明。其为人也，外圆内方，人皆乐与之游。还有一个是张心一，原名继忠，是我所知的清华同学中唯一的真正的甘肃人。他是一个传奇人物。他嫌理发一角钱太贵，尝自备小刀对镜剃光头，常是满头血迹斑斓。在校时外出永远骑驴，抗战期间一辆摩托机车跑遍后方各省。他做一个银行总稽核，外出查账，一向不受招待，其地分行为他设盛筵，他闻声逃匿，到小吃摊上果腹而归。他的轶事一时也说不完。

我在清华一住八年，由童年到弱冠，在那里受环境的熏陶，受师友的教益。这样的一个学校是名副其实的我的母校，我自然怀着一份深厚的感情。

作者简介

梁实秋（1903—1987）原名梁治华，出生于北京，浙江杭县（今余杭）人。笔名子佳、秋郎、程淑等。中国著名的散文家、学者、文学批评家、翻译家，国内第一个研究莎士比亚的权威，曾与鲁迅等左翼作家笔战不断。一生给中国文坛留下了两千多万字的著作，其散文集创造了中国现代散文著作出版的最高纪录。代表作《莎士比亚全集》（译作）等。

我的老师沈从文 [①]/汪曾祺

> 说实在话，沈先生真不大会讲课。看了《八骏图》，那位教创作的达士先生好像对上课很在行，学期开始之前，就已经定好了十二次演讲的内容，你会以为沈先生也是这样。事实上全不是那回事。

一九三七年，日本人占领了江南各地，我不能回原来的中学读书，在家闲居了两年。除了一些旧课本和从祖父的书架上翻出来的《岭表录异》之类的杂书，身边的"新文学"只有一本屠格涅夫的《猎人日记》和一本上海某野鸡书店盗印的《沈从文小说选》。两年中，我反反复复地看着的，就是这两本书。之所以反复地看，一方面是因为没有别的好书看，一方面也因

---

① 选自《人间草木》，汪曾祺著，江苏文艺出版社，2005 年版。

为这两本书和我的气质比较接近。我觉得这两本书某些地方很相似。这两本书甚至形成了我对文学、对小说的概念。我的父亲见我反复地看这两本书，就也拿去看。他是看过《三国》《水浒》《红楼梦》的。看了这两本书，问我："这也是小说吗？"我看过林琴南翻译的《说部丛刊》，看过张恨水的《啼笑因缘》，也看过巴金、郁达夫的小说，看了《猎人日记》和沈先生的小说，发现：哦，原来小说是可以这样的，是写这样一些人和事，是可以这样写的。我在中学时并未有志于文学。在昆明参加大学联合招生，在报名书上填写"志愿"时，提笔写下了"西南联大中国文学系"，是和读了《沈从文小说选》有关系的。当时许多学生报考西南联大都是慕名而来。这里有朱自清、闻一多、沈从文。——其他的教授是入学后才知道的。

沈先生在联大开过三门课："各体文习作""创作实习"和"中国小说史"。"各体文习作"是本系必修课，其余两门是选修，我是都选了的。因此一九四一、一九四二、一九四三年，我都上过沈先生的课。

"各体文习作"这门课的名称有点奇怪，但倒是名副其实的，教学生习作各体文章。有时也出题目。我记得沈先生在我的上一班曾出过"我们小庭院有什么"这样的题目，要求学生写景物兼及人事。有几位老同学用这题目写出了很清丽的散文，在报刊上发表了，我都读过。据沈先生自己回忆，他曾给我的下几班同学出过一个题目，要求他们写一间屋子里的空气。我那一班出过什么题目，我倒都忘了。为什么出这样一些题目呢？沈先生说：先得学会做部件，然后才谈得上组装。大部分时候，是不出题目的，由学生自由选择，想写什么就写什么。这课每周一次。学生在下面把车好、刨好的文字的零件交上去。下一周，沈先生就就这些作业来讲课。

说实在话，沈先生真不大会讲课。看了《八骏图》，那位教创作的达士先生好像对上课很在行，学期开始之前，就已经定好了十二次演讲的内容，你会以为沈先生也是这样。事实上全不是那回事。他不像闻先生那样：长髯垂胸，双目炯炯，富于表情，语言的节奏性很强，有很大的感染力；也不像朱先生那样：讲解很系统，要求很严格，上课带着卡片，语言朴素无华，然而扎扎实实。沈先生的讲课可以说是毫无系统，——因为就学生的文章来谈问题，也很难有系统，大都是随意而谈，声音不大，也不好懂。不好懂，是因为他的湘西口音一直未变，——他能听懂很多地方的方言，也能学说得很像，可是自己讲话仍然是一口凤凰话；也因为他的讲话内容不好捉摸。沈先生是个思想很流动跳跃的人，常常是才说东，忽而又说西。甚至他写文章时也是这样，有时真会离题万里，不知说到哪里去了，用他自己的话说，是"管不住手里的笔"。他的许多小说，结构很均匀缜密，那是用力"管"住了笔的结果。他的思想的跳动，给他的小说带来了文体上的灵活，对讲课可不利。沈先生真不是个长于逻辑思维的人，他从来不讲什么理论。他讲的都是自己从刻苦的实践中摸索出来的经验之谈，没有一句从书本上抄来的话。——很多教授只会抄书。这些经验之谈，如果理解了，是会终身受益的。遗憾的是，很不好理解。比如，他经常讲的一句话是："要贴到人物来写。"这句话是什么意思呢？你可以作各种深浅不同的理解。这句话是有很丰富的内容的。照我的理解是：作者对所写的人物不能用俯视或旁观的态度。作者要和人物很亲近。作者的思想感情、作者的心要和人物贴得很紧，和人物一同哀乐、一同感觉周围的一切（沈先生很喜欢用"感觉"这个词，他老是要学生训练自己的感觉）。什么时候你"捉"不住人物，和人物离得远了，你就只好写一些似是而非的空话。一切从属于人物。写景、叙事都不能和人物游离。景物，得是人物所能感受得到的景物。得用人物的眼睛来看景物，用人物的耳朵来听，用人物的鼻子来闻嗅。《丈夫》里所写的河上的晚景，是丈夫所看到的晚景。《贵生》里描写的秋天，是贵生感到的秋天。写景和叙事的语言和人物的语言（对话）要相协调。这样，才能使通篇小说都渗透了人物，使读者在字里行间都感觉到人物，同时也就感觉到作者的风格。风格，是作者对人物的感受。离开了人物，风格就不存在。这些，是要和沈先生相处较久，读了他许多作品之后，才能理解得到的。单是一句"要贴到人物来写"，谁知道是什么意思呢？又如，他曾经批评过我的一篇小说，说："你这是两个聪明脑袋在打架！"让一个第三者来听，他会说："这是什么意思？"我是明白的。我这篇小说用了大量的对话，我尽量想把对话写得深一点，美一点，有诗意，有哲理。事实上，没有人会这样说话，就是两个诗人，也不会这样交谈。沈先生这句话等于说：这是不真实的。沈先生自己小说里的对话，大都是平平常常的话，但是一样还是使人感到人物，觉得美。从此，我就尽量把对话写得朴素一点，真切一点。

沈先生是那种"用手来思索"的人①。他用笔写下的东西比用口讲出的要清楚得多，也深刻得多。使学生受惠的，不是他的讲话，而是他在学生的文章后面所写的评语。沈先生对学生的文章也改的，但改得不多，但是评语却写得很长，有时会比本文还长。这些评语有的是就那篇习作来谈的，也有的是由此说开去，谈到创作上某个问题。这实在是一些文学随笔，往往有独到的见解，文笔也很讲究。老一辈作家大都是"执笔则为文"，不论写什么，哪怕是写一个便条，都是当一个"作品"来写的。——这样才能随时锻炼文笔。沈先生历年写下的这种评语，为数是很不少的，可惜没有一篇留下来。否则，对今天的文学青年会是很有用处的。

除了评语，沈先生还就学生这篇习作，挑一些与之相近的作品，他自己的，别人的——中国的外国的，带来给学生看。

①巴甫连科说作家是用手来思索的。

因此，他来上课时都抱了一大堆书。我记得我有一次写了一篇描写一家小店铺在上灯之前各色各样人的活动，完全没有故事的小说，他就介绍我看他自己写的《腐烂》（这篇东西我过去未看过）。看看自己的习作，再看看别人的作品，比较吸收，收效很好。沈先生把他自己的小说总集叫做《沈从文小说习作选》，说这都是为了给上创作课的学生示范，有意地试验各种方法而写的，这是实情，并非故示谦虚。

沈先生这种教写作的方法，到现在我还认为是一种很好的方法，甚至是唯一可行的方法。我倒希望现在的大学中文系教创作的老师也来试试这种方法。可惜愿意这样教的人不多；能够这样教的，也很少。

“创作实习”上课和“各体文习作”也差不多，只是有时较有系统地讲讲作家论。“中国小说史”使我读了不少中国古代小说。那时小说史资料不易得，沈先生就自己用毛笔小行书抄录在昆明所产的竹纸上，分给学生去看。这种竹纸高可一尺，长约半丈，折起来像一个经卷。这些资料，包括沈先生自己辑录的罕见的资料，辗转流传，全都散失了。

沈先生是我见到的一个少有的勤奋的人。他对闲散是几乎不能容忍的。联大有些学生，穿着很“摩登”的西服，头上涂了厚厚的发蜡，走路模仿克拉克·盖博[1]，一天喝咖啡、

---

① 克拉克·盖博是 20 世纪 30—40 年代的美国电影明星。

参加舞会，无所事事，沈先生管这种学生叫"火奴鲁鲁"①——"哎，这是个火奴鲁鲁！"他最反对打扑克，以为把生命这样的浪费掉，实在不可思议。他曾和几个作家在井冈山住了一些时候，对他们成天打扑克很不满意："一天打扑克，——在井冈山这种地方！哎！"除了陪客人谈天，我看到沈先生，都是坐在桌子前面，写。他这辈子写了多少字呀。有一次，我和他到一个图书馆去，在一排一排的书架前面，他说："看到有那么多人写了那么多的书，我真是什么也不想写了。"这句话与其说是悲哀的感慨，不如说是对自己的鞭策。他的文笔很流畅，有一个时期且被称为多产作家，三十年代到四十年代，十年中他出了四十个集子，你会以为他写起来很轻易。事实不是那样。除了《从文自传》是一挥而就，写成之后，连看一遍也没有，就交出去付印之外，其余的作品都写得很艰苦。他的《边城》不过六七万字，写了半年。据他自己告诉我，那时住在北京的达智桥，巴金住在他家。他那时还有个"客厅"。巴金在客厅里写，沈先生在院子里写。半年之间，巴金写了一个长篇，沈先生却只写了一个《边城》。我曾经看过沈先生的原稿（大概是《长河》），他不用稿纸，写在一个硬面的练习本上，把横格竖过来写。他不用自来水笔，用蘸水钢笔（他执钢笔的手势有点像执毛笔，执毛笔的手势

①火奴鲁鲁即檀香山。至于沈先生为什么把这样的学生叫做"火奴鲁鲁"，我到现在还不明白。

却又有点像拿钢笔）。这原稿真是"一塌糊涂"，勾来画去，改了又改。他真干过这样的事：把原稿一条一条地剪开，一句一句地重新拼合。他说他自己的作品是"一个字一个字地雕出来的"，这不是夸张的话。他早年常流鼻血。大概是因为血小板少，血液不易凝固，流起来很难止住。有时夜里写作，鼻血流了一大摊，邻居发现他伏在血里，以为他已经完了。我就亲见过他的沁着血的手稿。

因为日本飞机经常到昆明来轰炸，很多教授都"疏散"到了乡下。沈先生也把家搬到了呈贡的桃园新村。他每个星期到城里来住几天，住在文林街教员宿舍楼上把角临街的一间屋子里，房屋很简陋。昆明的房子，大都不盖望板，瓦片直接搭在椽子上，晚上从瓦缝中可见星光、月光。下雨时，漏了，可以用竹杆把瓦片顶一顶，移密就疏，办法倒也简便。沈先生一进城，他这间屋子里就不断有客人。来客是各色各样的，有校外的，也有校内的教授和学生。学生也不限于中文系的，文、法、理、工学院的都有。不论是哪个系的学生都对文学有兴趣，都看文学书，有很多理工科同学能写很漂亮的文章，这大概可算是西南联大的一种学风。这种学风，我以为今天应该大力地提倡。沈先生只要进城，我是一定去的。去还书，借书。

沈先生的知识面很广，他每天都看书。现在也还是这样。去年，他七十八岁了，我上他家去，沈师母还说："他一天到晚看书，——还都记得！"他看的书真是五花八门，他叫这是"杂知识"。他的藏书也真是兼收并蓄。文学书、哲学书、道教史、马林诺斯基的人类学、亨利·詹姆斯、弗洛伊德、陶瓷、髹漆、糖霜、观赏植物……大概除了《相对论》，在他的书架上都能找到。我每次去，就随便挑几本，看一个星期（我在西南联大几年，所得到的一点"学问"，大部分是从沈先生的书里取来的）。他的书除了自己看，买了来，就是准备借人的。联大很多学生手里都有一两本扉页上写着"上官碧"的名字的书。沈先生看过的书大都做了批注。看一本陶瓷史，铺天盖地，全都批满了，又还粘了许多纸条，密密地写着字。这些批注比正文的字数还要多。很多书上，做了题记。题记有时与本书无关，或记往事，或抒感慨。有些题记有着只有本人知道的"本事"，别人不懂。比如，有一本书后写着："雨季已过，无虹可看矣。"有一本后面题着："某月日，见一大胖女人从桥上过，心中十分难过。"前一条我可以约略知道，后一条则不知所谓了。为什么这个大胖女人使沈先生心中十分难过呢？我对这些题记很感兴趣，觉得很有意思，而且自成一种文体，所以到现在还记得。他的藏书几经散失。去年我去看他，书架上的书大都是近年买的，我所熟识的，似只有一函《少室山房全集》了。

沈先生对美有一种特殊的敏感。他对美的东西有着一种炽热的、生理的、近乎是肉欲的感情。美使他惊奇，使他悲哀，使他沉醉。他搜罗过各种美术品。在北京，他好几年搜罗瓷器。待客的茶杯经常变换，也许是一套康熙青花，也许是鹧鸪斑的浅盏，也许是日本的九谷瓷。吃饭的时候，客人会放下筷子，欣赏起他的雍正粉彩大盘，把盘里的韭黄炒鸡蛋都搁凉了。在昆明，他不知怎么发现了一种竹胎的缅漆的圆盒，黑红两色的居多，间或有描金的，盒盖周围有极繁复的花纹，大概是用竹笔刮绘出来的，有云龙花草，偶尔也有画了一圈趺坐着的小人的。这东西原是奁具，不知是什么年代的，带有汉代漆器的风格而又有点少数民族的色彩。他每回进城，除了置买杂物，就是到处寻找这东西（很便宜的，一只圆盒比一个粗竹篮贵不了多少）。他大概前后搜集了有几百，而且鉴赏越来越精，到后来，稍一般的，就不要了。我常常随着他满城乱跑，去衰货摊上觅宝。有一次买到一个直径一尺二的大漆盒，他爱不释手，说："这可以做一个《红黑》的封面！"有一阵又不知从哪里找到大批苗族的挑花。白色的土布，用色线（蓝线或黑线）挑出精致而天真的图案。有客人来，就摊在一张琴案上，大家围着看，一人手里捧着一杯茶，不断发出惊叹的声音。抗战后，回到北京，他又买了很多旧绣货：扇子套、眼镜套、槟榔荷包、枕头顶，乃至帐檐、飘带……（最初也很便宜，后来就十分昂贵了）。后来又搞丝绸，搞服装。他搜罗工艺品，是最不功利，最不自私的。他花了大量的钱买这些东西，不是以为奇货可居，也不是为了装点风雅，他是为了使别人也能分尝到美的享受，真是"与朋友共，敝之而无憾"。他的许多藏品都不声不响地捐献给国家了。北京大学博物馆初成立的时候，玻璃柜里的不少展品就是从中老胡同沈家的架上搬去的。昆明的熟人的案上几乎都有一个两个沈从文送的缅漆圆盒，用来装芙蓉糕、萨其马或邮票、印泥之类杂物。他的那些名贵的瓷器，我近两年去看，已经所剩无几了，就像那些扉页上写着"上官碧"名字的书一样，都到了别人的手里。

沈从文欣赏的美，也可以换一个字，是"人"。他不把这些工艺品只看成是"物"，他总是把它和人联系在一起的。他总是透过"物"看到"人"。对美的惊奇，也是对人的赞叹。这是人的劳绩，人的智慧，人的无穷的想象，人的天才的、精力弥满的双手所创造出来的呀！他在称赞一个美的作品时所用的语言是充满感情的，也颇特别，比如："那样准确，准确得可怕！"他常常对着一幅织锦缎或者一个"七色晕"的绣片惊呼："真是了不得！""真不可想象！"他到了杭州，才知道故宫龙袍上的金线，是瞎子在一个极薄的金箔上凭手的感觉割出来的，"真不可想象！"有一次他和我到故宫去看瓷器，有几个莲子盅造型极美，我还在流连赏玩，他在我耳边轻轻地说："这是按照一个女人的奶子做出来的。"

沈从文从一个小说家变成一个文物专家，国内国外许多人都觉得难以置信。这在世界文学史上似乎尚无先例。对我说起来，倒并不认为不可理解。这在沈先生，与其说是改弦更张，不如说是轻车熟路。这有客观的原因，也有主观原因。但是五十岁改行，总是件冒险的事。我以为沈先生思想缺乏条理，又没有受过"科学方法"的训练，他对文物只是一个热情的欣赏者，不长于冷静的分析，现在正式"下海"，以此作为专业，究竟能搞出多大成就，最初我是持怀疑态度的。直到前两年，我听他谈了一些文物方面的问题，看到他编纂的《中国服装史资料》的极小一部分图片，我才觉得，他钻了二十年，真把中国的文物钻通了。他不但钻得很深，而且，用他自己的说法：解决了一个问题，其他问题也就"顷刻"解决了。服装史是个拓荒工作。他说现在还是试验，成不成还不知道。但是我觉得：填补了中国文化史研究的一个重要的空白，对历史、戏剧等方面将发生很大作用，一个人一辈子做出这样一件事，也值了！《服装史》终于将要出版了，这对于沈先生的熟人，都是很大的安慰。因为治服装史，他又搞了许多副产品。他搞了扇子的发展，马戏的发展（沈从文这个名字和"马戏"联系在一起，真是谁也没有想到的）。他从人物服装，断定号称故宫藏画最早的一幅展子虔《游春图》不是隋代的而是晚唐的东西。他现在在手的研究专题就有四十个。其中有一些已经完成了（如陶瓷史），有一些正在做。他在去年写的一篇散文《忆翔鹤》的最后说："一息尚存，即有责任待尽"，不是一句空话。沈先生是一个不知老之将至的人，另一方面又有"时不我与"之感，所以他现在工作加倍地勤奋。沈师母说他常常一坐下来就是十几个小时。沈先生是从来没有休息的。他的休息只是写写字。是一股什么力量催着一个年近八十的老人这样孜孜矻矻、不知疲倦地工作着的呢？我以为：是炽热而深沉的爱国主义。

沈从文从一个小说家变成了文物专家，对国家来说，孰得孰失，且容历史去作结论吧。许多人对他放下创作的笔感到惋惜，希望他还能继续写文学作品。我对此事已不抱希望了。人老了，驾驭文字的能力就会衰退。他自己也说他越来越"管不住手里的笔"了。但是看了《忆翔鹤》，改变了我的看法。这篇文章还是写得那样流转自如，毫不枯涩，旧日文风犹在，而且更加炉火纯青了。他的诗情没有枯竭，他对人事的感受还是那样精细锐敏，他的抒情才分因为世界观的成熟变得更明净了。那么，沈老师，在您的身体条件许可下，兴之所至，您也还是写一点吧。

朱光潜先生在一篇谈沈从文的短文中，说沈先生交游很广，但朱先生知道，他是一个寂寞的人。吴祖光有一次跟我说："你们老师不但文章写得好，为人也是那样好。"他们的话都是对的。沈先生的客人很多，但都是君子之交，言不及利。他总是用一种含蓄的热情对人，用一种欣赏的、抒情的眼睛看一切人。对前辈、朋友、学生、家人、保姆，都是这样。他是把生活里的人都当成一个作品中的人物去看的。他津津乐道的熟人的一些细节，都是小说化了的细节。大概他的熟人也都感觉到这一点，他们在沈先生的客座（有时是一张破椅子，一个小板凳）上也就不大好意思谈出过于庸俗无聊的话，大都是上下古今、天南地北地闲谈一阵，喝一盏清茶，抽几支烟，借几本书和他所需要的资料（沈先生对来借资料的，都是有求必应），就走了。客人一走，沈先生就坐到桌子跟前拿起笔来了。

沈先生对曾经帮助过他的前辈是念念不忘的，如林宰平先生、杨今甫（振声）先生、徐志摩。林老先生我未见过，只在沈先生处见过他所写的字。杨先生也是我的老师，这是个非常爱才的人。沈先生在几个大学教书，大概都是出于杨先生的安排。他是中篇小说《玉君》的作者。我在昆明时曾在我们的系主任罗莘田先生的案上见过他写的一篇游戏文章《释鳏》，是写联大的光棍教授的生活的。杨先生多年过着独身生活。他当过好几个大学的文学院长，衬衫都是自己洗烫，然而衣履精整，窗明几净，左图右史，自得其乐，生活得很潇洒。他对后进青年的作品是很关心的。他曾经托沈先生带话，叫我去看看他。我去了，他亲自洗壶涤器，为我煮了咖啡，让我看了沈尹默给他写的字，说："尹默的字超过明朝人"；又让我看了他的藏画，其中有一套姚茫父的册页，每一开的画心只有一个火柴盒大，却都十分苍翠雄浑，是姚画的难得的精品。坐了一个多小时，我就告辞出来了。他让我去，似乎只是想跟我随便聊聊，看看字画。沈先生夫妇是常去看杨先生的，想来情形亦当如此。徐志摩是最初发现沈从文的才能的人。沈先生说过，如果没有徐志摩，他就不会成为作家，他也许会去当警察，或者随便在哪条街上倒下来，糊里糊涂地死掉了。沈先生曾和我说过许多这位诗人的佚事。诗人，总是有些倜傥不羁的。沈先生说他有一次上课，讲英国诗，从口袋里摸出一个大烟台苹果，一边咬着，一边说："中国是有好东西的！"

沈先生常谈起的三个朋友是梁思成、林徽音、金岳霖。梁思成后来我在北京见过，林徽音一直没有见着。他们都是学建筑的。我因为沈先生的介绍，曾看过《营造法式》之类的书，知道什么叫"一斗三升"，对赵州桥、定州塔发生很大的兴趣。沈先生的好多册《营造学报》一直在我手里，直到"文化大革命"，才被"处理"了。从沈先生口中，我知道梁思成有一次为了从一个较远的距离观测一座古塔内部的结构，一直往后退，差一点从塔上掉下去。林徽音对文学艺术的见解是为徐志摩、杨今甫、沈从文等一代名流所倾倒的。这是一个真正的中国的"沙龙女性"，一个中国的弗吉尼·沃尔芙。她写的小说如《窗子以外》《九十九度中》，别具一格，和废名的《桃园》和《竹林的故事》一样，都是现代中国文学里的不可忽视的作品。现在很多人在谈论"意识流"，看看林徽音的小说，就知道不但外国有，中国也早就有了。她很会谈话，发着三十九度以上的高烧，还半躺在客厅里，和客人聚谈文学艺术问题。

金岳霖是个通人情、有学问的妙人，也是一个怪人。他是我的老师，大学一年级时，教"逻辑"，这是文法学院的共同必修课。教室很大，学生很多。他的眼睛有病，有一个时期戴的眼镜一边的镜片是黑的，一边是白的。头上整年戴一顶旧呢帽。每学期上第一课都要首先声明："对不起，我的眼睛有病，不能摘下帽子，不是对你们不礼貌。""逻辑"课有点近似数学，是有习题的。他常常当堂提问，叫学生回答。那指名的方式却颇为特别。"今天，所有穿红毛衣的女士回答。"他闭着眼睛用手一指，一个女士就站了起来。"今天，梳两条辫子的回答。"因为"逻辑"这玩意对乍从中学出来的女士和先生都很新鲜，学生也常提出问题来问他。有一个归侨学生叫林国达，最爱提问，他的问题往往很奇怪。金先生叫他问得没有办法，就反过来问他："林国达，我问你一个问题：'林国达先生是垂直于黑板的'，这是什么意思？"——林国达后来在一次游泳中淹死了。金先生教逻辑，看的小说却很多，从乔依思的《攸里色斯》（通译《尤利西斯》）到平江不肖生的《江湖奇侠传》，无所不看。沈先生有一次拉他来做了一次演讲。有一阵，沈先生曾给联大的一些写写小说、写写诗的学生组织过讲座，地点在巴金的夫人肖珊的住处，与座者只有十来个人。金先生讲的题目很吸引人，大概是沈先生出的："小说和哲学"。他的结论却是：小说和哲学没有关系，《红楼梦》里所讲的哲学也不是哲学。那次演讲给我留下印象最深的是，讲着讲着，他忽然停了下来，说："对不起，我身上好像有个小动物"，随即把手伸进脖领，擒住了这只小动物，并当场处死了。我们曾问过他，为什么研究哲学，——在我们看来，哲学很枯燥，尤其是符号哲学，金先生想了一想，说："我觉得它很好玩。"他一个人生活。在昆明曾养过一只大斗鸡。这只斗鸡极其高大，经常把脖子伸到桌上来，和金先生一同吃饭。他又曾到处去买大苹果、大梨、大石榴，并鼓励别的教授的孩子也去买，拿来和他的比赛。谁的比他的大，他就照价收买，并把原来较小的一个奉送。他和沈先生的友谊是淡而持久的，直到金先生八十多岁了，还时常坐了平板三轮到沈先生的住处来谈谈。——因为毛主席告诉他要接触社会，他就和一个蹬平板三轮的约好，每天坐着平板车到王府井一带各处去转一圈。

和沈先生不多见面，但多年往还不绝的，还有一个张奚若先生、一个丁西林先生。张先生是个老同盟会员，曾拒绝参加蒋介石召开的参议会，人矮矮的，上唇留着短髭，风度如一个日本的大藏相，不知道为什么和沈先生很谈得来。丁西林曾说，要不是沈先生的鼓励，他这个写过《一只马蜂》的物理研究所所长，就不会再写出一个《等太太回来的时候》。

沈先生对于后进的帮助是不遗余力的。他曾自己出资给初露头角的青年诗人印过诗集。曹禺的《雷雨》发表后，是沈先生建议《大公报》给他发一笔奖金的。他的学生的作品，很多是经他的润饰后，写了热情揄扬的信，寄到他所熟识的报刊上发表的。单是他代付的邮资，就是一个不小的数目。前年他收到一封现在是解放军的知名作家的信，说起他当年丧父，无力葬埋，是沈先生为他写了好多字，开了一个书法展览，卖了钱给他，才能回乡办了丧事的。此事沈先生久已忘记，看了信想想，才记起仿佛有这样一回事。

沈先生待人，有一显著特点，是平等。这种平等，不是政治信念，也不是宗教教条，而是由于对人的尊重而产生的一种极其自然的生活的风格。他在昆明和北京都请过保姆。这两个保姆和沈家一家都相处得极好。昆明的一个，人胖胖的，沈先生常和她闲谈。沈先生曾把她的一生琐事写成了一篇亲切动人的小说。北京的一个，被称为王姐。她离开多年，一直还和沈家来往。她去年在家和儿子怄了一点气，到沈家来住了几天，沈师母陪着她出出进进，像陪着一个老姐姐。

沈先生的家庭是我所见到的一个最和谐安静，最富于抒情气氛的家庭。这个家庭一切民主，完全没有封建意味，不存在任何家长制。沈先生、沈师母和儿子、儿媳、孙女是和睦而平等的。从他的儿子把板凳当马骑的时候，沈先生就不对他们的兴趣加以干涉，一切听便。他像欣赏一幅名画似的欣赏他的儿子、孙女，对他们的"耐烦"表示赞赏。"耐烦"是沈先生爱用的一个词藻。儿子小时候用一个小钉锤乒乒乒乓敲打一件木器，半天不歇手，沈先生就说："要算耐烦。"

孙女做功课，半天不抬脑袋，他也说："要算耐烦。""耐烦"是在沈先生影响下形成的一种家风。他本人不论在创作或从事文物研究，就是由于"耐烦"才取得成绩的。有一阵，儿子、儿媳不在身边，孙女跟着奶奶过。这位祖母对孙女全不像是一个祖母，倒像是一个大姐姐带着最小的妹妹，对她的一切情绪都尊重。她读中学了，对政治问题有她自己的看法，祖母就提醒客人，不要在她的面前谈叫她听起来不舒服的话。去年春节，孙女要搞猜谜活动，祖母就帮着选择、抄写，在屋里拉了几条线绳，把谜语一条一条粘挂在线绳上。有客人来，不论是谁，都得受孙女的约束：猜中一条，发糖一块。有一位爷爷，一条也没猜着，就只好喝清茶。沈先生对这种约法不但不呵斥，反而热情赞助，十分欣赏。他说他的孙女"最会管我，一到吃饭，就下命令：'洗手！'"这个家庭自然也会有痛苦悲哀，油盐柴米，风风雨雨，别别扭扭，然而这一切都无妨于它和谐安静抒情的气氛。

看了沈先生对周围的人的态度，你就明白为什么沈先生能写出《湘行散记》里那些栩栩如生的角色，为什么能在小说里塑造出那样多的人物，并且也就明白为什么沈先生不老，因为他的心不老。

去年沈先生编他的选集，我又一次比较集中地看了他的作品。有一个中年作家一再催促我写一点关于沈先生的小说的文章。谈作品总不可避免要谈思想，我曾去问过沈先生："你的思想到底是什么？属于什么体系？"我说："你是一个抒情的人道主义者。"

沈先生微笑着，没有否认。

一九八一年一月十四日

作者简介

汪曾祺（1920—1997），江苏高邮人，现代作家、散文家、戏剧家。早年毕业于西南联大，历任中学教师、北京市文联干部、《北京文艺》编辑、北京京剧院编辑。著有小说集《邂逅集》《羊舍的夜晚》《晚饭花集》《寂寞与温暖》《茱萸集》，散文集《蒲桥集》《塔上随笔》，文学评论集《晚翠文谈》以及《汪曾祺自选集》等。

泡茶馆 [①] / 汪曾祺

> 大学二年级那一年，我和两个外文系的同学经常一早就坐在这家茶馆靠窗的一张桌边，各自看自己的书，有时整整坐一上午，彼此不交语。我这时才开始写作，我的最初几篇小说，即是在这家茶馆里写的。

"泡茶馆"是联大学生特有的语言。本地原来似无此说法，本地人只说"坐茶馆"。"泡"是北京话。其含义很难准确地解释清楚。勉强解释，只能说是持续长久地沉浸其中，像泡泡菜似的泡在里面。"泡蘑菇""穷泡"，都有长久的意思。北京的学生把北京的"泡"字带到了昆明，和现实生活结合起来，便创造出一个新的语汇。"泡茶馆"，即长时间地在茶馆里坐着。

---

① 原载 1984 年第 9 期《滇池》，选自《蒲桥集》，作家出版社，1989 年版。

本地的"坐茶馆"也含有时间较长的意思。到茶馆里去，首先是坐，其次才是喝茶（云南叫吃茶）。不过联大的学生在茶馆里坐的时间往往比本地人长，长得多，故谓之"泡"。

有一个姓陆的同学，是一怪人，曾经徒步旅行半个中国。这人真是一个泡茶馆的冠军。他有一个时期，整天在一家熟识的茶馆里泡着。他的盥洗用具就放在这家茶馆里。一起来就到茶馆里去洗脸刷牙，然后坐下来，泡一碗茶，吃两个烧饼，看书。一直到中午，起身出去吃午饭。吃了饭，又是一碗茶，直到吃晚饭。晚饭后，又是一碗，直到街上灯火阑珊，才挟着一本很厚的书回宿舍睡觉。

昆明的茶馆共分几类，我不知道。大别起来，只能分为两类，一类是大茶馆，一类是小茶馆。

正义路原先有一家很大的茶馆，楼上楼下，有几十张桌子。都是荸荠紫漆的八仙桌，很鲜亮。因为在热闹地区，坐客常满，人声嘈杂。所有的柱子上都贴着一张很醒目的字条："莫谈国事"。时常进来一个看相的术士，一手捧一个六寸来高的硬纸片，上书该术士的大名（只能叫做大名，因为往往不带姓，不能叫"姓名"；又不能叫"法名""艺名"，因为他并未出家，也不唱戏），一只手捏着一根纸媒子，在茶桌间绕来绕去，嘴里念说着"送看手相不要钱！""送看手相不要钱！"——他手里这根媒子即是看手相时用来指示手纹的。

这种大茶馆有时唱围鼓。围鼓即由演员或票友清唱。我很喜欢"围鼓"这个词。唱围鼓的演员、票友好像不是取报酬的。只是一群有同好的闲人聚拢来唱着玩。但茶馆却可借来招揽顾客，所以茶馆便于闹市张贴告条："某月日围鼓"。到这样的茶馆里来一边听围鼓，一边吃茶，也就叫做"吃围鼓茶"。"围鼓"这个词大概是从四川来的，但昆明的围鼓似多唱滇剧。我在昆明七年，对滇剧始终没有入门。只记得不知什么戏里有一句唱词"孤王头上长青苔"。孤王的头上如何会长青苔呢？这个设想实在是奇，因此一听就永不能忘。

我要说的不是那种"大茶馆"。这类大茶馆我很少涉足，而且有些大茶馆，包括正义路那家兴隆鼎盛的大茶馆，后来大都陆续停闭了。我所说的是联大附近的茶馆。

从西南联大新校舍出来，有两条街，凤翥街和文林街，都不长。这两条街上至少有不下十家茶馆。

从联大新校舍，往东，折向南，进一座砖砌的小牌楼式的街门，便是凤翥街。街夹右手第一家便是一家茶馆。这是一家小茶馆，只有三张茶桌，而且大小不等，形状不一的茶具也是比较粗糙的，随意画了几笔兰花的盖碗。除了卖茶，檐下挂着大串大串的草鞋和地瓜（即湖南人所谓的凉薯），这也是卖的。张罗茶座的是一个女人。这女人长得很强壮，皮色也颇白净。她生了好些孩子。身边常有两个孩子围着她转，手里还抱着一个孩子。她经常敞着怀，一边奶着那个早该断奶的孩子，一边为客人冲茶。她的丈夫，比她大得多，状如猿猴，而目光锐利如鹰。他什么事情也不管，但是每天下午却捧了一个大碗喝牛奶。这个男人是一头种畜。这情况使我们颇为不解。这个白皙强壮的妇人，只凭一天卖几碗茶，卖一点草鞋、地瓜，怎么能喂饱了这么多张嘴，还能供应一个懒惰的丈夫每天喝牛奶呢？怪事！中国的妇女似乎有一种天授的惊人的耐力，多大的负担也压不垮。

由这家往前走几步，斜对面，曾经开过一家专门招徕大学生的新式茶馆。这家茶馆的桌椅都是新打的，涂了黑漆。堂倌系着白围裙。卖茶用细白瓷壶，不用盖碗（昆明茶馆卖茶一般都用盖碗）。除了清茶，还卖沱茶、香片、龙井。本地茶客从门外过，伸头看看这茶馆的局面，再看看里面坐得满满的大学生，就会挪步另走一家了。这家茶馆没有什么值得一记的事，而且开了不久就关了。联大学生至今还记得这家茶馆是因为隔壁有一家卖花生米的。这家似乎没有男人，站柜卖货是姑嫂两人，都还年轻，成天涂脂抹粉。尤其是那个小姑子，见人走过，辄作媚笑。联大学生叫她花生西施。这西施卖花生米是看人行事的。好看的来买，就给得多。难看的给得少。因此我们每次买花生米都推选一个挺拔英俊的"小生"去。

再往前几步，路东，是一个绍兴人开的茶馆。这位绍兴老板不知怎么会跑到昆明来，又不知为什么在这条小小的凤翥街上来开一片茶馆。他至今乡音未改。大概他有一种独在异乡为异客的情绪，所以对待从外地来的联大学生异常亲热。他这茶馆里除了卖清茶，还卖一点芙蓉糕、萨其马、月饼、桃酥，都装在一个玻璃匣子里。我们有时觉得肚子里有点缺空而又不到吃饭的时候，便到他这里一边喝茶一边吃两块点心。有一个善于吹口琴的姓王的同学经常在绍兴人茶馆喝茶。他喝茶，可以欠账。不但喝茶可以欠账，我们有时想看电影而没有钱，就由这位口琴专家出面向绍兴老板借一点。绍兴老板每次都是欣然地打开钱柜，拿出我们需要的数目。我们于是欢欣鼓舞，兴高采烈，迈开大步，直奔南屏电影院。

再往前，走过十来家店铺，便是凤翥街口，路东路西各有一家茶馆。

路东一家较小，很干净，茶桌不多。掌柜的是个瘦瘦的男人，有几个孩子。掌柜的事情多，为客人冲茶续水，大都由一个十三四岁的大儿子担任，我们称他这个儿子为"主任儿子"。街西那家又脏又乱，地面坑洼不平，一地的烟头、火柴棍、瓜子皮。茶桌也是七大八小，摇摇晃晃，但是生意却特别好。从早到晚，人坐得满满的。也许是因为风水好。这家茶馆正在凤翥街和龙翔街交接处，门面一边对着凤翥街，一边对着龙翔街，坐在茶馆，两条街上的热闹都看得见。到这家吃茶的全部是本地人，本街的闲人、赶马的"马锅头"、卖柴的、卖菜的。他们都抽叶子烟。

要了茶以后，便从怀里掏出一个烟盒——圆形，皮制的，外面涂着一层黑漆，打开来，揭开覆盖着的菜叶，拿出剪好的金堂叶子，一枝一枝地卷起来。茶馆的墙壁上张贴、涂抹得乱七八糟。但我却于西墙上发现了一首诗，一首真正的诗：

> 记得旧时好，
>
> 跟随爹爹去吃茶。
>
> 门前磨螺壳，
>
> 巷口弄泥沙。

是用墨笔题写在墙上的。这使我大为惊异了。这是什么人写的呢？

每天下午，有一个盲人到这家茶馆来说唱。他打着扬琴，说唱着。照现在的说法，这应是一种曲艺，但这种曲艺该叫什么名称，我一直没有打听着。我问过"主任儿子"，他说是"唱扬琴的"，我想不是。他唱的是什么？我有一次特意站下来听了一会儿，是：

......

> 良田美地卖了，

高楼大厦拆了，

娇妻美妾跑了，

狐皮袍子当了……

　　我想了想，哦，这是一首劝戒鸦片的歌，他这唱的是鸦片烟之为害。这是什么时候传下来的呢？说不定是林则徐时代某一忧国之士的作品。但是这个盲人只管唱他的，茶客们似乎都没有在听，他们仍然在说话，各人想自己的心事。到了天黑，这个盲人背着扬琴，点着马杆，踽踽地走回家去。我常常想：他今天能吃饱么？

　　进大西门，是文林街，挨着城门口就是一家茶馆。这是一家最无趣味的茶馆。茶馆墙上的镜框里装的是美国电影明星的照片，蓓蒂·黛维丝、奥丽薇·德·哈弗兰、克拉克·盖博、泰伦宝华……除了卖茶，还卖咖啡、可可。这家的特点是：进进出出的除了穿西服和麂皮夹克的比较有钱的男同学外，还有把头发卷成一根一根香肠似的女同学。有时到了星期六，还开舞会。茶馆的门关了，从里面传出《蓝色的多瑙河》和《风流寡妇》舞曲，里面正在"嘣嚓嚓"。

　　和这家斜对着的一家，跟这家截然不同。这家茶馆除卖茶，还卖煎血肠。这种血肠是牦牛肠子灌的，煎起来一街都闻见一种极其强烈的气味，说不清是异香还是奇臭。这种西藏食品，那些把头发卷成香肠一样的女同学是绝对不敢问津的。

由这两家茶馆，往东，不远几步，面南，便可折向钱局街。街上有一家老式的茶馆，楼上楼下，茶座不少。说这家茶馆是"老式"的，是因为茶馆备有烟筒，可以租用。一段青竹，旁安一个粗如小指半尺长的竹管，一头装一个带爪的莲蓬嘴，这便是"烟筒"。在莲蓬嘴里装了烟丝，点以纸媒，把整个嘴埋在筒口内，尽力猛吸，筒内的水咚咚作响，浓烟便直灌肺腑，顿时觉得浑身通泰。吸烟筒要有点功夫，不会吸的吸不出烟来。茶馆的烟筒比家用的粗得多，高齐桌面，吸完就靠在桌腿边，吸时尤需底气充足。这家茶馆门前，有一个小摊，卖酸角（不知什么树上结的，形状有点像皂荚，极酸，入口使人攒眉）、拐枣（也是树上结的，应该算是果子，状如鸡爪，一疙瘩一疙瘩的，有的地方即叫做鸡脚爪，味道很怪，像红糖，又有点像甘草）和泡梨（糖梨泡在盐水里，梨味本是酸甜的，昆明人却偏于盐水内泡而食之。泡梨仍有梨香，而梨肉极脆嫩）。过了春节则有人于门前卖葛根。葛根是药，我过去只在中药铺见过，切成四方的棋子块儿，是已经经过加工的了，原物是什么样子，我是在昆明才见到的。这种东西可以当零食来吃，我也是在昆明才知道。一截葛根，粗如手臂，横放在一块板上，外包一块湿布。给很少的钱，卖葛根的便操起有点像北京切涮羊肉的肉片用的那种薄刃长刀，切下薄薄的几片给你。雪白的。嚼起来有点像干瘪的生白薯片，而有极重的药味。据说葛根能清火。联大的同学大概很少人吃过葛根。我是什么奇奇怪怪的东西都要买一点尝一尝的。

大学二年级那一年，我和两个外文系的同学经常一早就坐在这家茶馆靠窗的一张桌边，各自看自己的书，有时整整坐一上午，彼此不交语。我这时才开始写作，我的最初几篇小说，即是在这家茶馆里写的。茶馆离翠湖很近，从翠湖吹来的风里，时时带有水浮莲的气味。

回到文林街。文林街中，正对府甬道，后来新开了一家茶馆。这家茶馆的特点一是卖茶用玻璃杯，不用盖碗，也不用壶。不卖清茶，卖绿茶和红茶。红茶色如玫瑰，绿茶苦如猪胆。第二是茶桌较少，且覆有玻璃桌面。在这样桌子上打桥牌实在是再适合不过了，因此到这家茶馆来喝茶的，大都是来打桥牌的，这茶馆实在是一个桥牌俱乐部。联大打桥牌之风很盛。有一个姓马的同学每天到这里打桥牌。解放后，我才知道他是老地下党员，昆明学生运动的领导人之一。学生运动搞得那样热火朝天，他每天都只是很闲在，很热衷地在打桥牌，谁也看不出他和学生运动有什么关系。

文林街的东头，有一家茶馆，是一个广东人开的，字号就叫"广发茶社"——昆明的茶馆我记得字号的只有这一家，原因之一，是我后来住在民强巷，离广发很近，经常到这家去。

原因之二是——经常聚在这家茶馆里的，有几个助教、研究生和高年级的学生。这些人多多少少有一点玩世不恭。那时联大同学常组织什么学会，我们对这些俨乎其然的学会微存嘲讽之意。有一天，广发的茶友之一说："咱们这也是一个学会，——广发学会！"这本是一句茶余的笑话。不料广发的茶友之一，解放后，在一次运动中被整得不可开交，胡乱交代问题，说他曾参加过"广发学会"。这就惹下了麻烦。几次有人，专程到北京来外调"广发学会"问题。被调查的人心里想笑，又笑不出来，因为来外调的政工人员态度非常严肃。广发茶馆代卖广东点心。所谓广东点心，其实只是包了不同味道的甜馅的小小的酥饼，面上却一律贴了几片香菜叶子，这大概是这一家饼师的特有的手艺。我在别处吃过广东点心，就没有见过面上贴有香菜叶子的——至少不是每一块都贴。

或问：泡茶馆对联大学生有些什么影响？答曰：第一，可以养其浩然之气。联大的学生自然也是贤愚不等，但多数是比较正派的。那是一个污浊而混乱的时代，学生生活又穷困得近乎潦倒，但是很多人却能自许清高，鄙视庸俗，并能保持绿意葱茏的幽默感，用来对付恶浊和穷困，并不颓丧灰心，这跟泡茶馆是有些关系的。第二，茶馆出人才。联大学生上茶馆，并不是穷泡，除了瞎聊，大部分时间都是用来读书的。联大图书馆座位不多，宿舍里没有桌凳，看书多半在茶馆里。联大同学上茶馆很少不挟着一本乃至几本书的。不少人的论文、读书报告，都是在茶馆写的。有一年一位姓石的讲师的《哲学概论》期终考试，我就是把考卷拿到茶馆里去答好了再交上去的。联大八年，出了很多人才。研究联大校史，搞"人才学"，不能不了解了解联大附近的茶馆。第三，泡茶馆可以接触社会。我对各种各样的人、各种各样的生活都发生兴趣，都想了解了解，跟泡茶馆有一定关系。如果我现在还算一个写小说的人，那么我这个小说家是在昆明的茶馆里泡出来的。

一九八四年五月十三日

跑警报 ①/汪曾祺

> 日本人派飞机来轰炸昆明，其实没有什么实际的军事意义，用意不过是吓唬吓唬昆明人，施加威胁，使人产生恐惧。他们不知道中国人的心理是有很大的弹性的，不那么容易被吓得魂不附体。

西南联大有一位历史系的教授，——听说是雷海宗先生，他开的一门课因为讲授多年，已经背得很熟，上课前无需准备；下课了，讲到哪里算哪里，他自己也不记得。每回上课，都要先问学生："我上次讲到哪里了？"然后就滔滔不绝地接着讲下去。班上有个女同学，笔记记得最详细，一句不落，雷先生有一次问她："我上一课最后说的是什么？"这位女同学打开

① 本文作于1984年12月6日，选自《蒲桥集》，作家出版社，1989年版。

笔记来，看了看，说："你上次最后说：'现在已经有空袭警报，我们下课。'"

这个故事说明昆明警报之多。我刚到昆明的头二年，三九、四〇年，三天两头有警报。有时每天都有，甚至一天有两次。昆明那时几乎说不上有空防力量，日本飞机想什么时候来就来。有时竟至在头一天广播：明天将有二十七架飞机来昆明轰炸。日本的空军指挥部还真言而有信，说来准来！

一有警报，别无他法，大家就都往郊外跑，叫做"跑警报"。"跑"和"警报"联在一起，构成一个词语，细想一下，是有些奇特的，因为所跑的并不是警报。这不像"跑马""跑生意"那样通顺。但是大家就这么叫了，谁都懂，而且觉得很合适。也有叫"逃警报"或"躲警报"的，都不如"跑警报"准确。"躲"，太消极；"逃"又太狼狈。唯有这个"跑"字于紧张中透出从容，最有风度，也最能表达丰富生动的内容。

有一个姓马的同学最善于跑警报。他早起看天，只要是万里无云，不管有无警报，他就背了一壶水，带点吃的，夹着一卷温飞卿或李商隐的诗，向郊外走去。直到太阳偏西，估计日本飞机不会来了，才慢慢地回来。这样的人不多。

警报有三种。如果在四十多年前向人介绍警报有几种，会被认为有"神经病"，这是谁都知道的。然而对今天的青年，却是一项新的课题。一曰"预行警报"。

联大有一个姓侯的同学，原系航校学生，因为反应迟钝，被淘汰下来，读了联大的哲学心理系。此人对于航空旧情不忘，曾用黄色的"标语纸"贴出巨幅"广告"，举行学术报告，题曰《防空常识》。他不知道为什么对"警报"特别敏感。他正在听课，忽然跑了出去，站在"新校舍"的南北通道上，扯起嗓子大声喊叫："现在有预行警报，五华山挂了三个红球！"可不！抬头望南一看，五华山果然挂起了三个很大的红球。五华山是昆明的制高点，红球挂出，全市皆见。我们一直很奇怪：他在教室里，正在听讲，怎么会"感觉"到五华山挂了红球呢？——教室的门窗并不都正对五华山。

一有预行警报，市里的人就开始向郊外移动。住在翠湖迤北的，多半出北门或大西门，出大西门的似尤多。大西门外，越过联大新校门前的公路，有一条由南向北的用浑圆的石块铺成的宽可五六尺的小路。这条路据说是驿道，一直可以通到滇西。路在山沟里。平常走的人不多。常见的是驮着盐巴、碗糖或其他货物的马帮走过。赶马的马锅头侧身坐在木鞍上，从齿缝里嗞嗞地吹出口哨（马锅头吹口哨都是这种吹法，没有撮唇而吹的），或低声唱着呈贡"调子"：

> 哥那个在至高山那个放呀放放牛，
> 妹那个在至花园那个梳那个梳梳头。
> 哥那个在至高山那个招呀招招手，
> 妹那个在至花园点那个点点头。

这些走长道的马锅头有他们的特殊装束。他们的短褂外都套了一件白色的羊皮背心，脑后挂着漆布的凉帽，脚下是一双厚牛皮底的草鞋状的凉鞋，鞋帮上大都绣了花，还钉着亮晶晶的"鬼眨眼"亮片。——这种鞋似只有马锅头穿，我没见从事别种行业的人穿过。马锅头押着马帮，从这条斜阳古道上走过，马项铃哗棱哗棱地响，很有点浪漫主义的味道，有时会引起远客的游子一点淡淡的乡愁……

　　有了预行警报，这条古驿道就热闹起来了。从不同方向来的人都涌向这里，形成了一条人河。走出一截，离市较远了，就分散到古道两旁的山野，各自寻找一个合适的地方待下来，心平气和地等着——等空袭警报。

　　联大的学生见到预行警报，一般是不跑的，都要等听到空袭警报：汽笛声一短一长，才动身。新校舍北边围墙上有一个后门，出了门，过铁道（这条铁道不知起讫地点，从来也没见有火车通过），就是山野了。要走，完全来得及。——所以雷先生才会说："现在已经有空袭警报"。只有预行警报，联大师生一般都是照常上课的。

　　跑警报大都没有准地点，漫山遍野。但人也有习惯性，跑惯了哪里，愿意上哪里。大多是找一个坟头，这样可以靠靠。昆明的坟多有碑，碑上除了刻下坟主的名讳，还刻出"×山×向"，并开出坟茔的"四至"。这风俗我在别处还未见过。这大概也是一种古风。

说是漫山遍野，但也有几个比较集中的"点"。古驿道的一侧，靠近语言研究所资料馆不远，有一片马尾松林，就是一个点。这地方除了离学校近，有一片碧绿的马尾松，树下一层厚厚的干了的松毛，很软和，空气好，——马尾松挥发出很重的松脂气味，晒着从松枝间漏下的阳光，或仰面看松树上面的蓝得要滴下来的天空，都极舒适外，是因为这里还可以买到各种零吃。昆明做小买卖的，有了警报，就把担子挑到郊外来了。五味俱全，什么都有。最常见的是"丁丁糖"。"丁丁糖"即麦芽糖，也就是北京人祭灶用的关东糖，不过做成一个直径一尺多，厚可一寸许的大糖饼，放在四方的木盘上，有人掏钱要买，糖贩即用一个刨刀形的铁片楔入糖边，然后用一个小小的铁锤，一击铁片，丁的一声，一块糖就震裂下来了，——所以叫做"丁丁糖"。其次是炒松子。昆明松子极多，个大皮薄仁饱，很香，也很便宜。我们有时能在松树下面捡到一个很大的成熟了的生的松球，就掰开鳞瓣，一颗一颗地吃起来。——那时候，我们的牙都很好，那么硬的松子壳，一嗑就开了！

　　另一集中点比较远，得沿古驿道走出四五里，驿道右侧较高的土山上有一横断的山沟（大概是哪一年地震造成的），沟深约三丈，沟口有二丈多宽，沟底也宽有六七尺。这是一个很好的天然防空沟，日本飞机若是投弹，只要不是直接命中，落在沟里，即便是在沟顶上爆炸，弹片也不易蹦进来。机枪扫射也不要紧，沟的两壁是死角。这道沟可以容数百人。有人常到这里，就利用闲空，在沟壁上修了一些私人专用的防空洞，大小不等，形式不一。这些防空洞不仅表面光洁，有的还用碎石子或碎瓷片嵌出图案，缀成对联。对联大都有新意。我至今记得两副，一副是：

人生几何
恋爱三角

一副是：

见机而作
入土为安

对联的嵌缀者的闲情逸致是很可叫人佩服的。前一副也许是有感而发，后一副却是纪实。

警报有三种。预行警报大概是表示日本飞机已经起飞。拉空袭警报大概是表示日本飞机进入云南省境了，但是进云南省不一定到昆明来。等到汽笛拉了紧急警报：连续短音，这才可以肯定是朝昆明来的。空袭警报到紧急警报之间，有时要间隔很长时间，所以到了这里的人都不忙下沟，——沟里没有太阳，而且过早地像云冈石佛似的坐在洞里也很无聊，——大都先在沟上看书、闲聊、打桥牌。很多人听到紧急警报还不动，因为紧急警报后日本飞机也不定准来，常常是折飞到别处去了。要一直等到看见飞机的影子了，这才一骨碌站起来，下沟，进洞。联大的学生，以及住在昆明的人，对跑警报太有经验了，从来不仓惶失措。

上举的前一副对联或许是一种泛泛的感慨，但也是有现实意义的。跑警报是谈恋爱的机会。联大同学跑警报时，成双作对的很多。空袭警报一响，男的就在新校舍的路边等着，有时还提着一袋点心吃食，宝珠梨、花生米……他等的女同学来了，"嗨！"于是欣然并肩走出新校舍的后门。跑警报说不上是同生死，共患难，但隐隐约约有那么一点危险感，和看电影、遛翠湖时不同。这一点危险使两方的关系更加亲近了。女同学乐于有人伺候，男同学也正好殷勤照顾，表现一点骑士风度。正如孙悟空在高老庄所说："一来医得眼好，二来又照顾了郎中，这是凑四合六的买卖。"从这点来说，跑警报是颇为罗曼蒂克的。有恋爱，就有三角，有失恋。跑警报的"对儿"并非总是固定的，有时一方被另一方"甩"了，两人"吹"了，"对儿"就要重新组合。写（姑且叫做"写"吧）那副对联的，大概就是一位被"甩"的男同学。不过，也不一定。

警报时间有时很长，长达两三个小时，也很"腻歪"。紧急警报后，日本飞机轰炸已毕，人们就轻松下来。不一会，"解除警报"响了：汽笛拉长音，大家就起身拍拍尘土，络绎不绝地返回市里。也有时不等解除警报，很多人就往回走：天上起了乌云，要下雨了。一下雨，日本飞机不会来。在野地里被雨淋湿，可不是事！一有雨，我们有一个同学一定是一马当先往回奔，就是前面所说那位报告预行警报的姓侯的。他奔回新校舍，到各个宿舍搜罗了很多雨伞，放在新校舍的后门外，见有女同学来，就递过一把。他怕这些女同学挨淋。这位侯同学长得五大三粗，却有一副贾宝玉的心肠。大概是上了吴雨僧先生的《红楼梦》的课，受了影响。侯兄送伞，已成定例。警报下雨，一次不落。名闻全校，贵在有恒。——这些伞，等雨住后他还会到南院女生宿舍去敛回来，再归还原主的。

跑警报，大都要把一点值钱的东西带在身边。最方便的是金子，——金戒指。有一位哲学系的研究生曾经作了这样的逻辑推理：有人带金子，必有人会丢掉金子，有人丢金子，就会有人捡到金子，我是人，故我可以捡到金子。因此，他跑警报时，特别是解除警报以后，他每次都很留心地巡视路面。他当真两次捡到过金戒指！逻辑推理有此妙用，大概是教逻辑学的金岳霖先生所未料到的。

联大师生跑警报时没有什么可带，因为身无长物，一般大都是带两本书或一册论文的草稿。有一位研究印度哲学的金先生每次跑警报总要提了一只很小的手提箱。箱子里不是什么别的东西，是一个女朋友写给他的信——情书。他把这些情书视如性命，有时也会拿出一两封来给别人看。没有什么不能看的，因为没有卿卿我我的肉麻的话，只是一个聪明女人对生活的感受，文字很俏皮，充满了英国式的机智，是一些很漂亮的 essay（论文），字也很秀气。这些信实在是可以拿来出版的。金先生辛辛苦苦地保存了多年，现在大概也不知去向了，可惜。我看过这个女人的照片，人长得就像她写的那些信。

联大同学也有不跑警报的，据我所知，就有两人。一个是女同学，姓罗，一有警报，她就洗头。别人都走了，锅炉房的热水没人用，她可以敞开来洗，要多少水有多少水！另一个是一位广东同学，姓郑。他爱吃莲子。一有警报，他就用一个大漱口缸到锅炉火口上去煮莲子。警报解除了，他的莲子也烂了。有一次日本飞机炸了联大，昆中北院、南院，都落了炸弹，这位郑老兄听着炸弹乒乒乓乓在不远的地方爆炸，依然在新校舍大图书馆旁的锅炉上神色不动地搅和他的冰糖莲子。

抗战期间，昆明有过多少次警报，日本飞机来过多少次，无法统计。自然也死了一些人，毁了一些房屋。就我的记忆，大东门外，有一次日本飞机机枪扫射，田地里死的人较多。大西门外小树林里曾炸死了好几匹驮木柴的马。此外似无较大伤亡。警报、轰炸，并没有使人产生血肉横飞、一片焦土的印象。

日本人派飞机来轰炸昆明，其实没有什么实际的军事意义，用意不过是吓唬吓唬昆明人，施加威胁，使人产生恐惧。他们不知道中国人的心理是有很大的弹性的，不那么容易被吓得魂不附体。我们这个民族，长期以来，生于忧患，已经很"皮实"了，对于任何猝然而来的灾难，都用一种"儒道互补"的精神对待之。这种"儒道互补"的真髓，即"不在乎"。这种"不在乎"精神，是永远征不服的。

为了反映"不在乎"，作《跑警报》。

一九八四年十二月六日

回忆二十五年前的香港大学 [①] / 朱光潜

> 人们看到我们有些异样，我们看人们也有些异样。但是大的摩擦却没有。学会容忍"异样"的人就受了一种教育，不能容忍"异样"的人见了"异样"增加了自尊感，不能受"异样"同化的人见了"异样"，也增加了对于人世的新奇感。所以港大同学虽有四百余人，因为各种人都有，色调很不单纯，生活相当有趣。

　　看过《伊利亚随笔集》的人看到这个题目，请不要联想到兰姆的《三十五年前的基督慈幼学校》那篇文章 [②]。我没有野心要模拟那种不可模拟的隽永风格。同学们要出一个刊物，专为

---

① 原载 1944 年 5 月《文学创刊》第 3 卷第 1 期，选自《朱光潜全集》，安徽教育出版社，1987 年版。

② les Lamb: Essays of Elia Christ Hospital 35 Years Ago.

同学们自己看，把对于母校的留恋和同学间的友谊在心里重温一遍，这也是一种乐趣。我的意思也不过趁便闲谈旧事，聊应通信，和许多分散在天涯海角的朋友们至少可以在心灵上多一次会晤。写得好坏，那是无关重要的。

第一次欧战刚刚完结，教育部在几个高等师范学校里选送了二十名学生到香港大学去学教育，我是其中之一。当时政府在北京，我们二十人虽有许多不同的省籍，在学校里却通被称为"北京学生"。"北京学生"在学校里要算一景。在洋气十足的环境中，我们带来了十足的师范生的寒酸气。人们看到我们有些异样，我们看人们也有些异样。但是大的摩擦却没有。学会容忍"异样"的人就受了一种教育，不能容忍"异样"的人见了"异样"增加了自尊感，不能受"异样"同化的人见了"异样"，也增加了对于人世的新奇感。所以港大同学虽有四百余人，因为各种人都有，色调很不单纯，生活相当有趣。

我很懊悔，这有趣的生活我当时未能尽量享受。"北京学生"大抵是化外之民，而我尤其是像在鼓里过日子，一般同学的多方面的活动我有时连作壁上观的兴致也没有。当时香港的足球网球都很负盛名，这生来与我无缘。近海便于海浴，我去试了二三次，喝了几口咸水，被水母咬痛了几回，以后就不敢再去问津了。学校里演说辩论会很多，我不会说话，只坐着望旁人开口。当时学校里初收容女生，全校只有何东爵士的两个女儿欧文小姐和伊琳小姐两人，都和我同班，我是若无其事，至少我不会把她们当女子看待。广东话我不会说，广东菜我没有钱去吃，外国棋我不会下，连台球我也不会打。同学们试想一想，有了这一段自供，我的香港大学生的资格不就很有问题了么？

读书我也不行。从高等师范国文系来的英文自然比不上好些生来就只说英文的同学。记得有一次作文，里面说到坐人力车和骑马都不是很公平的事，被一位军官兼讲师的先生痛骂了一场。有一夜生了病，第二天早晨浮斯特教授用当时很称新奇的方法测验智力，结果我是全班中倒数第一，其低能可想而知。但是我在学校里和朱跌苍和高觉敷有 three wise men 的诨号。wise men（哲人）自然是 queer fish（怪物）的较好听的代名词。当时的同学大约还记得香港植物园的一件值得注意的事，常见三位老者，坐在一条凳上晒太阳，度他们悠闲的岁月。朱高两人和我形影相伴，容易使同学们联想到那三位老者，于是只有那三位老者可以当的尊号就落到我们三位"北京学生"的头上了。

我们三人高矮差不多，寒酸差不多，性情兴趣却并不相同，往来特别亲密的缘故是同是"北京学生"，同住梅舍（May Hall），而又同有午后散步的习惯。午后向来课少，我们一有闲空，便沿着梅舍从小径经过莫理孙舍（Morrison Hall）向山上走，绕几个弯，不到一小时就可以爬上山顶。在山顶上望一望海，吸一口清气，对于我成了一种瘾，除掉夏初梅雨天气外，香港老是天朗气清，在山顶上一望，蔚蓝的晴空笼罩着蔚蓝的海水，无数远远近近的小岛屿上耸立着青葱的树林，红色白色的房屋，在眼底铺成一幅幅五光十彩的图案。霎时间把脑袋里一些重载卸下，做一个"空空如也"的原始人，然后再循另一条小径下山，略有倦意，坐下来吃一顿相当丰盛的晚餐。香港大学生的生活最使我留恋的就是这一点。写到这里，我鼻孔里还嗅得着太平山顶晴空中海风送来的那一股清气。

我瞑目一想，许多旧面目都涌现到面前。终年坐在房里用功，虔诚的天主教徒郭开文，终年只在休息室里打棒球下棋，我忘记了姓名只记得谭号的"棋博士"，最大的野心在娶一个有钱的寡妇的姚医生，足球领队的黄天锡，辩论会里声音嚷得最高的非洲人，眯眼的日本人，我们送你一大堆绰号的四川人 Mr. Collins[1]，一天喝四壶开水的"常识博士"，我们"北京学生"让你领头，跟着你像一群小鸡跟着母鸡去和舍监打交涉的 Tse-Foo（朱复），梅舍的露着金牙齿微笑的 No One（宿舍里的斋夫头目）……朋友们，我还记得你们，你们每一个人都曾经做过我开心时拿来玩味的资料，于今让我和你们每一个人隔着虚空握一握手！

老师们，你们的印象更清晰。在教室里不丢雪茄的老校长爱理阿特爵士，我等待了四年听你在课堂指导书里宣布要

---

[1]Collins：英国女小说家简·奥斯汀的《傲慢与偏见》中一个可笑的角色。

讲的中国伦理哲学，你至今还没有讲，尽管你关于"佛学"的巨著曾引起我的敬仰。还有天气好你就来，天气坏你就回英国，像候鸟似的庞孙倍芬先生，你教我们默写和作文，把每一个错字都写在黑板上来讲一遍，我至今还记得你的仁慈和忍耐。工科教授勃朗先生，你不教我的课，也待我好，我记得你有规律的生活，我到苏格兰，你还差过你的朋友一位比利时小姐来看我，你托她带给我的那封长信我至今似乎还没有回。提起信，我这不成器的老欠信债的学生，你，辛博森教授，更有理由可以责备我。但是我的心坎里还深深映着你的影子。你是梅舍的舍监，英国文学教授，我的精神上的乳母。我跟你学英诗，第一次读的是《古舟子咏》，我自己看第一遍时，那位老水手射死海鸟的故事是多么干燥无味而且离奇可笑，可是经过你指点以后，它的音节和意象是多么美妙，前后穿插安排是多么妥帖！一个艺术家才能把一个平凡的世界点染成为一个美妙的世界，一个有教书艺术的教授才能揭开表面平凡的世界，让蕴藏着美妙的世界呈现出来。你对于我曾造成这么一种奇迹。我后来进过你进过的学校——爱丁堡大学——就因为我佩服你。可是有一件事我忘记告诉你，你介绍我去见你太太的哥哥，那位伦敦大律师，承他很客气，再三嘱咐我说："你如果在法律上碰着麻烦，请到我这里来，我一定帮助你"，我以后并没有再去麻烦他。

最后，我应该特别提起你，奥穆先生，你种下了我爱好哲学的种子。你至今对于我还是一个疑谜。牛津大学古典科的毕业生，香港法院的审判长，后来你回了英国，据郭秉和告诉我，放下了独身的哲学，结了婚，当了牧师。你的职业始终对于你是不伦不类。你是雅典时代的一个自由思想者，落在商业化的大英帝国，还缅想柏拉图、亚里士多德在学园里从容讲学论道的那种生活，我相信你有一种无可告语的寂寞。你在学校里讲课不领薪水，因为教书拿钱是苏格拉底所鄙弃的。你教的是伦理学，你坚持要我们读亚里士多德，我们瞧不起那些古董，要求一种简赅明了的美国教科书。你下课时，我们跟在你后面骂你，虽是隔着一些路，却有意"使之闻之"，你摆起跛腿，偏着头，若无其事地带着微笑向前走。校里没有希腊文的课程，你苦劝我到你家里去跟你学，用汽车带我去你家学，我学了几回终于不告而退。这两件事我于今想起，面孔还要发烧。可是我可以告诉你，由于你的启发，这二十多年来我时常在希腊文艺与哲学中吸取新鲜的源泉来支持生命。我也会学你，想尽我一点微薄的力量，设法使我的学生们珍视精神的价值。可是我教了十年的诗，还没有碰见一个人真正在诗里找到一个安顿身心的世界，最难除的是腓力斯人（庸俗市民）的根性。我很惭愧我的无能，我也开始了解到你当时的寂寞。写到这里，我不免有些感伤，不想再写下去，许多师友的面孔让我留在脑里慢慢玩味吧！香港大学，我的慈母，你呢，于今你所哺的子女都星散了，你那山峰的半腰，像一个没有鸟儿的空巢（当时香港被日本人占领了），你凭视海水嗅到腥臭，你也一定有难言的寂寞！什么时候我们这一群儿女可以回巢，来一次大团聚呢？让我们每一个人遥祝你早日恢复健康与自由！

四十三年春天嘉定武汉大学

作者简介

朱光潜（1897—1986），安徽省安庆市人。中国美学家、文艺理论家、教育家、翻译家。生前曾为北京大学一级教授、中国社会科学院学部委员，中国文学艺术界联合委员会委员，中国外国文学学会常务理事。

康乃尔大学的学生生活 [①]/胡适

> 在这些实验之后，我开始反躬自省：我勉力学农，是否已铸成大错呢？我对这些课程基本上是没有兴趣；而我早年所学，对这些课程也派不到丝毫用场；它与我自信有天分有兴趣的各方面，也背道而驰。这门果树学的课——尤其是这个实验——帮助我决定如何面对这个实际问题。

与不同种族和不同信仰人士的接触

今天我想谈谈我在美国留学的各方面。这些大半都是与二十世纪初——尤其是自一九一〇年到一九一七年间——美国

---

① 选自《大学往事：一个世纪的追忆》，季羡林等著，昆仑出版社，2002年版。

学生界，有关家庭、宗教、政治生活和国际思想诸方面的事情。由一个在当时思想和训练都欠成熟的中国学生来观察这些方面的美国生活，当然不是一件容易的事情。

现在我们都知道，中国学生大批来美留学，实是一九〇九年所设立的"庚款奖学金"以后才开始的。原来美国国会于一九〇八年通过一条法案，决定退回中国在一九〇一年为八国联军赔款的余额——换言之，即是美国扣除义和拳之乱中所受的生命财产等实际损失（和历年应有的利息）以后的额外赔款。

美国决定退还赔款之后，中国政府乃自动提出利用此退回的款项，作为派遣留美学生的学杂费。经过美国政府同意之后，乃有庚款的第一批退款。一九二四年，美国国会二度通过同样法案，乃有庚款的第二次退款。这样才成立了"中华教育文化基金会"——简称"中华基金会"。这当然又是另一件事了。

由于庚款的第一批退款，经过中美两国政府交换说帖之后，乃有第一批所谓"庚款留学生"赴美留学。第一届的四十七人之中包括后来的清华大学校长梅贻琦，以及其他后来在中国科技界很有建树的许多专家。第二届七十人是在一九一〇年在北京考选的，然后保送赴美进大学深造。另外还有备取七十人，则被录入于一九一〇年至一九一一年间所成立的"清华学校"，作为留美预备班。

我就是第二届第一批考试及格的七十人之一。所以一九一〇年至一九一一年间也是中国政府大批保送留学生赴美留学的一年。抵美之后，这批留学生乃由有远见的美国人士如北美基督教青年会协会主席约翰·穆德（John R. Mott）等人加以接待。多年以后，当洛克菲勒基金会拨款捐建那远近驰名的纽约的"国际学社"（International House）时，穆德的儿子便是该社的执行书记。我特地在此提出说明这个国际精神，并未中断。

像穆德这样的美国人，他们深知这样做实在是给予美国最大的机会，来告诉中国留学生，受美国教育的地方不限于课堂、实验室和图书馆等处；更重要的和更基本的还是在美国生活方式和文化方面去深入体会。因而通过这个协会，他们号召美国各地其他的基督教领袖和基督教家庭，也以同样方式接待中国留学生，让他们知道美国基督教家庭的家庭生活的实际状况；也让中国留学生接触美国社会中最善良的男女，使中国留学生了解在美国基督教整体中的美国家庭生活和德行。这便是他们号召的目标之所在。许多基督教家庭响应此号召，这对我们当时的中国留学生，实在是获益匪浅。

在绮色佳地区康乃尔大学附近的基督教家庭——包括许多当地士绅和康大教职员——都接待中国学生。他们组织了许多非正式的组织来招待我们；他们也组织了很多的圣经班。假若中国留学生有此需要和宗教情绪的话，他们也帮助和介绍中国留学生加入他们的教会。因此在绮色佳城区和康乃尔校园附近也是我生平第一次与美国家庭发生亲密的接触。对一个外国学生来说，这是一种极其难得的机会，能领略和享受美国家庭、教育，特别是康大校园内知名的教授学者们的温情和招待。

　　绮色佳和其他大学城区一样，有各种不同的教会。大多数的基督教会都各有其教堂。"教友会"（或译"贵格会"或"匮克会"Quaker；Society of Friends）虽无单独的教堂，但是康乃尔大学法文系的康福（W. W. Comfort）教授却是个教友会的教友，足以补偿这个遗珠之憾。康氏后来出任费城教友会主办的海勿浮学院（Haverford College）的校长。我就送我的小儿子在该校就读两年。康福教授既是个教友会的基督徒，他的家庭生活便也是个极其美好的教友会教徒的家庭生活。我个人第一次对教友会的历史发生兴趣和接触，和对该派奇特而卓越的开山宗师乔治·弗克斯（George Fox，1624—1691）的认识，实由于读到欧洲文艺复兴大师伏尔泰（Voltaire，1694—1778）有关英国教友会派的通信。这一认识乃引起我对美国教友会的教友很多年的友谊。

　　教友会的信徒们崇奉耶稣不争和不抵抗的教导。我对这一派的教义发生了兴趣，因为我本人也曾受同样的，但是却比那耶稣还要早500年的老子的不争信条所影响。有一次我访问费城教友会区，康福教授便向我说："你一定要见我的母亲，访问一下她老人家。她住在费洛达菲亚城（费城）郊区的日耳曼镇（German Town）。"由于康福教授的专函介绍，我就顺便访问了康福老太太。康福老太太乃带我去参观教友会的会场。这是我生平的第一次；印象和经验都是难忘的。由于这一次访问的印象太深刻了，所以在教友会里我有很多终身的朋友。我以后也时常去教友会集会中作讲演；我也送了我的小儿子去进教友会的大学。

当然我也接触了很多基督教其他不寻常的支派。在我的《留学日记》里，我也记载了访问犹他州（Utah）"摩门教会"（Mormonism）的经过。我也碰到过几位了不起的摩门派学人和学生。我对他们的印象也是极其深刻的。同时也改变了以前我像一般人所共有的对摩门教派很肤浅的误解。

我和一些犹太人也相处得很亲密。犹太朋友中包括教授和学生。首先是康乃尔，后来又在哥伦比亚，我对犹太人治学的本领和排除万难、力争上游的精神，印象极深。在我阅读《圣经》，尤其是《旧约》之后，我对犹太人真是极其钦佩，所以我可以说这些都是我的经验的一部分——是我对美国生活方式的了解。

在一九一一年的夏天——也就是我从大学一年级升入二年级的那个夏天——有一次我应约去费洛达菲亚城（费城）的孛可诺松林区（Pocono Pines）参加"中国基督教学生联合会"的

暑期集会。会址是在海拔两千英尺，风景清幽的高山之上。虽在盛暑，却颇有凉意。该地有各项设备，足供小型的宗教集会之用。在我的《留学日记》里便记载着，一日晚间，我实在被这小型聚会的兴盛气氛所感动，我当场保证我以后要去研究基督教。在我的日记里，以及后来和朋友通信的函札上，我就说我几乎做了基督徒。可是后来又在相同的情绪下，我又反悔了。直至今日我仍然是个未经感化的异端。但是在我的日记里我却小心地记录下这一段经验，算是我青年时代一部分经验的记录。

今日回思，我对青年时代这段经验，实在甚为珍惜——这种经验导致我与一些基督教领袖们发生直接的接触，并了解基督教家庭的生活方式，乃至一般美国人民和那些我所尊敬的师长们的私生活，特别是康福教授对我的教导，使我能更深入地了解和爱好《圣经》的真义。我读遍《圣经》，对新约中的《四福音书》中至少有三篇我甚为欣赏；我也欢喜《使徒行传》和圣保罗一部分的书信。我一直欣赏《圣经》里所启发的知识。

后些年在北京大学时，我开始收集用各种方言所翻译的《新约》或《新旧约全书》的各种版本的中文《圣经》。我收集的主要目的是研究中国方言。有许多种中国方言，向来都没有见诸文字，或印刷出版，或作任何种文学的媒介或传播工具。可是基督教会为着传教，却第一次利用这些方言来翻译福音。后来甚至全译《新约》和一部分的《旧约》。

我为着研究语言而收藏的《圣经》，竟然日积月累，快速增加，当"中国圣经学会"为庆祝该会成立五十周年而举办的"中文圣经版本展览会"中，我的收藏，竟然高居第二位——仅略少于该会本身的收藏。这个位居第二的《圣经》收藏，居然是属于我这个未经上帝感化的异端胡适之！

我对美国政治的兴趣

当我于一九一○年初到美国的时候，我对美国的政治组织、政党、总统选举团，和整个选举的系统，可说一无所知。对美国宪法的真义和政府结构，也全属茫然。一九一一年十月，中国的辛亥革命突然爆发了。为时不过数月，便将统治中国有二百七十年之久的满清专制推翻。一九一二年一月，中华民国便正式诞生了。你知道这一年是美国大选之年。大选之年也是美国最有趣和兴奋的年头。威尔逊是这一年民主党的候选人；同时共和党一分为二；当权的托虎托（塔夫脱）总统领导着保守派；前总统老罗斯福却领导了自共和党分裂出来的进步党，它是美国当时的第三大党。罗氏也就是该党的领袖和总统候选人。这一来，三党势均力敌，旗鼓相当，因而连外国学生都兴奋得不得了。

这一年康乃尔大学的政治系新聘了一位教授叫山姆·奥兹

（Samuel P. Orth）。他原是克利弗兰市里的一位革新派的律师。他在该市以及其本州（俄亥俄）内的革新运动中都是个重要的领导分子，由康大自俄亥俄州的律师公会中延聘而来，教授美国政府和政党。我一直认为奥兹教授是我生平所遇到的最好的教授之一；讲授美国政府和政党的专题，他实是最好的老师。我记得就在这个大选之年（1912—1913），我选了他的课。

下面一段便是他讲第一堂课时的开场白：

今年是大选之年。我要本班每个学生都订三份日报——三份纽约出版的报纸，不是当地的小报——《纽约时报》是支持威尔逊的；《纽约论坛报》（*The New York Tribune*）是支持托虎托（塔夫脱）的；《纽约晚报》（*The New York Evening Journal*）（我不知道该报是否属"赫斯特系"（Hearst Family)的新闻系统，但是该报不是个主要报纸）是支持罗斯福的。诸位把每份订它三个月，将来会收获无量。在这三个月内，把每日每条新闻都读一遍。细读各条大选消息之后，要做个摘要；再根据这摘要做出读报报告交给我。报纸算是本课目的必需参考书，报告便是课务作业。还有，你们也要把联邦四十八州之中，违法乱纪的竞选事迹作一番比较研究，交上来算是期终作业！

我可以告诉你，在我对各州的选举活动作了一番比较研究之后，我对美国的政治也就相当熟悉了。

奥兹教授在讲过他对学生的要求之后，又说："就是这样了！关于其他方面的问题，听我的课好了！"

我对这门课甚感兴趣！

奥兹教授对历史很熟。历史上的政治领袖和各政党——从美国开国时期的联邦系（Federalists）到二十世纪初期的进步党（Progressives）——等等创始人传记，他也甚为清楚。他是俄亥俄州人，他对前总统麦荆尼（麦金莱）周围助选的政客，如一手把麦氏推上总统宝座的大名鼎鼎麦克斯·韩纳（Marcus Hanna，1837—1904），他都很熟。所以奥兹告诉我们说："看三份报，注视大选的经过。同时认定一个候选人作你自己支持的对象。这样你就注视你自己的总统候选人的得失，会使你对选举更为兴奋！"

他对我们的另一教导，便是要我们参与绮色佳城一带举行的每一个政治集会。我接受了奥氏的建议，于一九一二年的选举中选择了进步党党魁老罗斯福作为我自己支持的对象。四年之后（1916年），我又选择了威尔逊为我支持的对象。在一九一二年全年，我跑来跑去，都佩戴一枚象征支持罗斯福的大角野牛像的襟章；一九一六年，我又佩戴了支持威尔逊的襟章。

我在一九一二年也参加了许多次政治集会，其中有一次是老罗斯福讲演赞助进步党候选人欧斯克·史特斯（Oscar Strauss）竞选纽约州长。在绮色佳集会中最激动的一次便是罗斯福被刺之后那一次集会。罗氏被刺客击中一枪，子弹始终留在身内未能取出。我参加了这次集会，好多教授也参加了。令我惊奇的却是此次大会的主席，竟是本校史密斯大楼（Goldwin Smith Hall）的管楼工人。这座大楼是康大各系和艺术学院的办公中心！这种由一位工友所主持的大会的民主精神，实在令我神往之至。在这次大会中，我们都为本党领袖的安全而祈祷；并通过一些有关的议案。这次大会也是我所参加过的毕生难忘的政治集会之一。

该年另一个难忘的集会便是由我的业师克雷敦（J.E.Creighton）教授代表民主党，康大法学院长亥斯（Alfred Hayes）教授代表进步党的一次辩论会。这批教授们直接参加国家大政的事，给我的印象实在太深了。我可以说，由这些集会引起我的兴趣也一直影响了我以后一生的生活。

大选刚过，我因事往见伦理学教授索莱（Frank Thilly），当我们正在谈话之时，克雷敦教授忽然走了进来。他二人就当着我的面，旁若无人地大握其手，说："威尔逊当选了！威尔逊当选了！"我被他二人激动的情绪也感动得热泪盈眶。这两位教授都是支持威尔逊的。他二人也都在普林斯顿大学教过书，都深知威尔逊，因为威氏曾任普大校长多年。他二人对威氏出任总统也发生了不感兴趣的兴趣。

几年之后（1915 年），我迁往纽约市。从康乃尔大学研究院转学至哥伦比亚大学研究院，并住入哥大当时最新的佛纳大楼（Furnald Hall）。一九一五年不是个选举年，但是这一年却发生了有名的美国妇女争取选举权的五马路大游行。我目睹许多名人参加此次游行。约翰·杜威夫妇也夹在游行队伍之中。杜威教授并曾当众演说。一九一五年岁暮，杜威还直接参加此一群众运动。这一件由教授们直接参加当时实际政治的事例，给我的影响亦至为深刻。

我想把一九一六年的大选在此地也顺便提一提。此时老罗斯福的光彩对我已失去兴趣；而我对那位国际政治家威尔逊却发生了极深的信仰。先是在一九一四年，我曾以职员和代表的身份参加过一次世界学生会议。这个会是当时"世界学生会联合会"（The Association of Cosmopolitan Clubs）和"欧洲学生国际联合会"（International Federation of Students of Europe）所联合举办的。先在绮色佳集会之后，再会于华盛顿。在华府我们曾受到威尔逊总统和国务卿白来恩（Williams Jennings Bryan）的亲自接见，他二人都在我们的会里发表讲演。

我清楚地记得正当一九一六年大选投票的高潮之时，我和几位中国同学去"纽约时报广场"看大选结果。途中我们看到纽约《世界日报》发出的号外。《世界日报》是支持威尔逊的大报之一。可是这一次的号外却报道共和党候选人休斯（Charles E. Hughes）有当选的可能。我们同感失望，但是我们还是去时报广场，看时报大厦上所放映的红白二色的光标，似乎也对威尔逊不利。我们当然更为失望。但是我们一直坚持到午夜。当《纽约晚邮报》出版，休斯仍是领先。该报的发行人是有名的世界和平运动赞助人韦那德（Oswald Garrison Villard）。我们真是太失望了。我们只有打道回校。那时的地道车实在拥挤不堪，我们简直挤不进去，所以我们几个人乃决定步行回校——从西四十二街走回西一一六街（约五公里）的哥大校园。

翌日清晨，我第一桩事便是看报上的选举消息。所有各报都报道休斯可能当选，但是我却买不到《纽约时报》。它显已被人抢购一空了。我不相信其他各报的消息，乃步行六条街，终于买到一份《时报》。《时报》的头条消息的标题是："威尔逊可能险胜！"读后为之一快，乃步行返校吃早餐。你可能记得，这一旗鼓相当的大选的选票一直清理了三天；直至加州选票被重数了之后，威尔逊才以三千票的"险胜"而当选总统！

另外当时还有几个小插曲也值得一提。就在我差不多通过所有基层考试的时候，因为我希望在一九一六年至一九一七年间完成我的博士论文，我觉得有迁出哥大宿舍的必要。那时的中国留学生差不多都集中住于三座宿舍大楼——佛纳、哈特莱（Hartley Hall）和李文斯敦（Livingston Hall）。（中国同学住在一起，交际应酬太多，影响学业），所以我迁至离哥大六十条街三英里之外，靠近西一七二街附近的海文路92号一所小公寓，与一云南同学卢锡荣君同住。我们合雇了一位爱尔兰的村妇，帮忙打扫，她每周来一次做清洁工作。在一九一六年大选之前（那时妇女尚无投票权），我问她说："麦菲夫人（Mrs. Murphy），你们那一选区投哪位候选人的票啊？"

"啊！我们全体反对威尔逊！"她说，"因为威尔逊老婆死了不到一年，他就再娶了！"

数周之后，我参加了一个餐会。主讲人是西海岸斯坦福大学校长戴维·交顿（David Starr Jordan），他是一位世界和平运动的主要领导人。当大家谈起大选的问题时，交顿说："今年我投谁的票，当初很难决定，我实在踌躇了很久，最后才投威尔逊的票！"他这席话使当时出席餐会的各界促进和平的人士大为骇异。所以有人就问交顿，当时为何踌躇。交顿说："我原在普林斯顿教书，所以深知威尔逊的为人。当他做普大校长时，他居然给一位教授夫人送花！"这就是戴维·交顿不要威尔逊做美国总统的主要原因。其所持理由和我们的爱尔兰女佣所说的，实在有异曲同工之妙。

我对美国政治的兴趣和我对美国政治的研究，以及我学生时代所目睹的两次美国大选，对我后来对中国政治和政府的关心，都有着决定性的影响。其后在我一生之中，除了一任四年的战时中国驻美大使之外，我甚少参与实际政治。但是在我成年以后的生命里，我对政治始终采取了我自己所说的不感兴趣的兴趣（disinterested-interest）。我认为这种兴趣是一个知识分子对社会应有的责任。

放弃农科，转习哲学

我在一九一〇年进康乃尔大学时，原是学农科的。但是在康大附设的纽约州立农学院学了三个学期之后，我作了重大牺牲，决定转入该校的文理学院，改习文科。后来我在国内向青年学生讲演时便时常提到我改行的原因，并特别提及"果树学"（Pomology）那门课，这门课是专门研究果树的培育方法。这在当时的纽约州简直便是一门专门培育苹果树的课程。在我们课堂上学习之外，每周还有实习，就是这个"实习"，最后使我决定改行的。

在我的讲演集里，有几处我都提到这个小故事。其经过大致是这样的：

实习时，每个学生大致分得三十个或三十五个苹果。每个学生要根据一本培育学指南上所列举的项目，把这三十来个苹果加以分类。例如茎的长短，果脐的大小，果上棱角和圆形的特征，果皮的颜色，和切开后所测出的果肉的韧度和酸甜的尝试，肥瘦的纪录……等等。这叫做苹果分类，而这种分类也实在很笼统。我们这些对苹果初无认识的外国学生，分起来甚为头痛！

但是这种分类，美国学生做来，实在太容易了。他们对各种苹果早已胸有成竹；按表分类，他们一望而知。他们也无须把苹果切开，尝其滋味。他们只要翻开索引或指南表格，得心应手地把三十几个苹果的学名一一填进去，大约花了二三十分钟的时间，实验便做完了。然后拣了几个苹果，塞入大衣口袋，便离开实验室扬长而去。可是我们三位中国同学可苦了。我们留在实验室内，各尽所能去按表填果，结果还是错误百出，成绩甚差。

在这些实验之后，我开始反躬自省：我勉力学农，是否已铸成大错呢？我对这些课程基本上是没有兴趣；而我早年所学，对这些课程也派不到丝毫用场；它与我自信有天分有兴趣的各方面，也背道而驰。这门果树学的课——尤其是这个实验——帮助我决定如何面对这个实际问题。

我那时很年轻，记忆力又好。考试前夕，努力学习，我对这些苹果还是可以勉强分类和应付考试的；但是我深知考试之后，不出三两天——至多一周，我会把那些当时有四百多种苹果的分类，还是要忘记得一干二净。我们中国，实际也没有这么多种苹果。所以我认为学农实在是违背了我个人的兴趣。勉强去学，对我说来实在是浪费，甚至愚蠢。因此我后来在公开讲演中，便时时告诫青年，劝他们对他们自己的学习前途的选择，千万不要以社会时尚或社会国家之需要为标准。他们应该以他们自己的兴趣和禀赋，作为选科的标准才是正确的。

除此之外，当然还有使我转入文理学院去学习哲学、文学、政治和经济的其他诸种因素。其他基本的因素之一便是我对哲学、中国哲学和研究史学的兴趣。中国古代哲学的基本著作，及比较近代的宋明诸儒的论述，我在幼年时，差不多都已读过。我对这些学科的基本兴趣，也就是我个人的文化背景。

当我在农学院就读的时期，我的考试成绩，还不算坏。那时校中的规定，只要我能在规定的十八小时必修科的成绩平均在八十分以上，我还可随兴趣去选修两小时额外的课程。这是当时康乃尔大学的规定。这一规定，我后来也把它介绍给中国教育界，特别是北京大学。在中国我实在是这一制度最早的倡导人之一。

利用这两三个小时选修的机会，我便在文学院选了一门克雷敦教授所开的"哲学史"。克君不长于口才，但他对教学的认真，以及他在思想史里对各时代、各家各派的客观研究，给我一个极深的印象。他这一教导，使我对研究哲学——尤其是中国哲学——的兴趣，为之复苏！

使我改行的另一原因便是辛亥革命,打倒满清,建立民国。中国当时既然是亚洲唯一的一个共和国,美国各地的社区和人民对这一新兴的中国政府发生了浓厚的兴趣。校园内外对这一问题的演讲者都有极大的需要。在当时的中国学生中,擅于口才而颇受欢迎的讲演者是一位工学院四年级的蔡吉庆。蔡君为上海圣约翰大学的毕业生。留美之前曾在其母校教授英语。他是位极其成熟的人,一位精彩的英语演说家。但是当时邀请者太多,蔡君应接不暇,加以工学院课程太重,他抽不出空,所以有时只好谢绝邀请。可是他还是在中国同学中物色代替人,他居然认为我是个可造之才,可以对中国问题,作公开讲演。

有一天蔡君来找我。他说他在中国同学会中听过我几次讲演,甚为欣赏;他也知道我略谙中国古典文史。他要我越俎代庖,去替他应付几个不太困难的讲演会,向美国听众讲解中国革命和共和政府。在十分踌躇之后,我也接受了几个约会,并做了极大的准备工作。这几次讲演,对我真是极好的训练。蔡君此约,也替我职业上开辟了一个新的方向,使我成为一个英语演说家。同时由于公开讲演的兴趣,我对过去几十年促成中国革命的背景和革命领袖人物的生平,也认真的研究了一番。这个对政治史所发生的兴趣,便是促使我改行的第二个因素!

还有第三个促使我改行的原因，那就是我对文学的兴趣。我在古典文学方面的兴趣，倒相当过得去。纵是在我十几岁的时候，我的散文和诗词习作，都还差强人意。当我在康乃尔农学院（亦即纽约州立农学院）就读一年级的时候，英文是一门必修课，每周上课五小时，课程十分繁重，此外我们还要选修两门外国语——德文和法文。这些必修课使我对英国文学发生了浓厚的兴趣，我不但要阅读古典著作，还有文学习作和会话。学习德文、法文也使我发掘了德国和法国的文学。我现在虽然已不会说德语或法语，但是那时我对法文和德文都有相当过得去的阅读能力。教我法文的便是我的好友和老师康福教授，他也是我们中国学生圣经班的主持人。

我那两年的德语训练，也使我对歌德（Goethe）、雪莱（Schiller）、海涅（Heine）和莱辛（Lessing）诸大家的诗歌亦稍有涉猎。因而我对文学的兴趣——尤其是对英国文学的兴趣，使我继续选读必修课以外的文学课程。所以当我自农学院转入文学院，我已具备了足够的学分（有二十个英国文学的学分），来完成一个学系的"学科程序"。

康乃尔文学院当时的规定，每个学生必须完成至少一个"学科程序"才能毕业。可是当我毕业时，我已完成了三个"程序"：哲学和心理学、英国文学、政治和经济学。三个程序在三个不同的学术范围之内。所以那时我实在不能说，哪一门才是我的主科。但是我对英、法、德三国文学兴趣的成长，也就引起我对中国文学兴趣之复振。这也是促成我从农科改向文科的第三个基本原因。

我既然在大学结业时修毕在三个不同部门里的三个不同的"程序"，这一事实也说明我在以后岁月里所发展出来的文化生命。有时我自称为历史家；有时又称为思想史家。但我从未自称我是哲学家，或其他各行的什么专家。今天我几乎是六十六岁半的人了，我仍然不知道我主修何科；但是我也从来没有认为这是一件憾事！

作者简介

胡适（1891—1962），徽州绩溪人。原名嗣穈，学名洪骍，字希疆，后改名胡适，字适之，笔名天风、藏晖等。现代著名学者、诗人、历史学家、文学家、哲学家。曾任北京大学校长、台湾"中研院"院长、中华民国驻美大使等职。著有《白话文学史》《胡适文存》《尝试集》《中国哲学史大纲》等。

我所知道的康桥 [①] / 徐志摩

> 我们的病根是在"忘本"。人是自然的产儿，就比枝头的花与鸟是自然的产儿；但我们不幸是文明人，入世深似一天，离自然远似一天。离开了泥土的花草，离开了水的鱼，能快活吗？能生存吗？从大自然，我们取得我们的生命；从大自然，我们应分取得我们继续的资养。

一

我这一生的周折，大都寻得出感情的线索。不论别的，单说求学。我到英国是为要从卢梭（罗素，英国哲学家、逻辑学家，1921 年曾来中国讲学）。卢梭来中国时，我已经在

---

① 原刊 1926 年 1 月 16-25 日《晨报副刊》，选自《巴黎的鳞爪》，徐志摩著，人民文学出版社，2000 年版。康桥，指剑桥大学。

美国。他那不确的死耗传到的时候，我真的出眼泪不够，还做悼诗来了。他没有死，我自然高兴。我摆脱了哥伦比亚大博士衔的引诱，买船漂过大西洋，想跟这位二十世纪的福禄泰尔（伏尔泰）认真念一点书去。谁知一到英国才知道事情变样了：一为他在战时主张和平，二为他离婚，卢梭叫康桥给除名了，他原来是 Trinity College（三一学院）的 fellow（校友），这样一来他的 fellowship（助学金）也给取消了。他回英国后就在伦敦住下，夫妻两人卖文章过日子。

因此我也不曾遂我从学的始愿。我在伦敦政治经济学院里混了半年，正感着闷想换路走的时候，我认识了狄更生先生。狄更生——Goldsworthy Lowes Dickinson——是一个有名的作者，他的《一个中国人通信》（*Letters from John Chinaman*）与《一个现代聚餐谈话》（*A Modern Symposium*）两本小册子早得了我的景仰。我第一次会着他是在伦敦国际联盟协会席上，那天林宗孟先生演说，他做主席；第二次是宗孟寓里吃茶，有他。

以后我常到他家里去。他看出我的烦闷，劝我到康桥去，他自己是王家学院（King's College）的 fellow（校友）。我就写信去问两个学院，回信都说学额早满了，随后还是狄更生先生替我去在他的学院里说好了，给我一个特别生的资格，随意选科听讲。从此黑方巾、黑披袍的风光也被我占着了。初起我在离康桥六英里的乡下叫沙士顿地方租了几间小屋住下，同居的有我从前的夫人张幼仪女士与郭虞裳君。每天一早我坐街车（有时自行车）上学，到晚回家。这样的生活过了一个春，但我在康桥还只是个陌生人谁都不认识，康桥的生活，可以说完全不曾尝着，我知道的只是一个图书馆，几个课室，和三两个吃便宜饭的茶食铺子。狄更生常在伦敦或是大陆上，所以也不常见他。那年的秋季我一个人回到康桥，整整有一学年，那时我才有机会接近真正的康桥生活，同时我也慢慢的"发见"了康桥。我不曾知道过更大的愉快。

二

"单独"是一个耐寻味的现象。我有时想它是任何发见的第一个条件。你要发见你的朋友的"真"，你得有与他单独的机会。你要发见你自己的真，你得给你自己一个单独的机会。

你要发见一个地方（地方一样有灵性），你也得有单独玩的机会。

我们这一辈子，认真说，能认识几个人？能认识几个地方？我们都是太匆忙，太没有单独的机会。说实话，我连我的本乡都没有什么了解。康桥我要算是有相当交情的，再次许只有新认识的翡冷翠（佛罗伦萨，意大利中部城市）了。啊，那些清晨，那些黄昏，我一个人发疑似的在康桥！绝对的单独。

但一个人要写他最心爱的物件，不论是人是地，是多么使他为难的一个工作？你怕，你怕描坏了它，你怕说过分了恼了它，你怕说太谨慎了辜负了它。我现在想写康桥，也正是这样的心理，我不曾写，我就知道这回是写不好的——况且又是临时逼出来的事情。但我却不能不写，上期预告已经出去了。我想勉强分两节写：一是我所知道的康桥的天然景色；一是我所知道的康桥的学生生活。我今晚只能极简的写些，等以后有兴会时再补。

三

康桥的灵性全在一条河上；康河，我敢说是全世界最秀丽的一条水。河的名字是葛兰大（Granta），也有叫康河（River Cam）的，许有上下流的区别，我不甚清楚。河身多的是曲折，上游是有名的拜伦潭——"Byron's Pool"——当年拜伦常在那里玩的；有一个老村子叫格兰骞斯德，有一个果子园，你可以躺在累累的桃李树荫下吃茶，茶果会掉入你的茶杯，小雀子会到你桌上来啄食，那真是别有一番天地。这是上游；下游是从骞斯德顿下去，河面展开，那是春夏间竞舟的场所。上下河分界处有一个坝筑，水流急得很，在星光下听水声，听近村晚钟声，听河畔倦牛刍草声，是我康桥经验中最神秘的一种：大自然的优美、宁静，调谐在这星光与波光的默契中不期然的淹入了你的性灵。

但康河的精华是在它的中权，著名的"Backs"，这两岸是几个最蜚声的学院的建筑。从上面下来是Pembroke，St. Katharine's，King's，Clare，Trinity，St. John's。最令人留连的一节是克莱亚与王家学院的毗连处，克莱亚的秀丽紧邻着王家教堂（King's Chapel）的宏伟。别的地方尽有更美更庄严的建筑，例如巴黎赛因河（塞纳河）的罗浮宫（卢浮宫）一带，威尼斯的利阿尔多大桥的两岸，翡冷翠维基乌大桥的周遭；但康桥的"Backs"自有它的特长，这不容易用一二个状词来概括，它那脱尽尘埃气的一种清澈秀逸的意境可说是超出了画图而化生了音乐的神味。

再没有比这一群建筑更调谐更匀称的了！论画，可比的许只有柯罗（Corot）的田野；论音乐，可比的许只有肖邦（Chopin）的夜曲。就这，也不能给你依稀的印象，它给你的美感简直是神灵性的一种。

假如你站在王家学院桥边的那棵大椈树荫下眺望，右侧面，隔着一大方浅草坪，是我们的校友居（fellows building），那年代并不早，但它的妩媚也是不可掩的，它那苍白的石壁上春夏间满缀着艳色的蔷薇在和风中摇头，更移左是那教堂，森林似的尖阁不可浼的永远直指着天空；更左是克莱亚，啊！那不可信的玲珑的方庭，谁说这不是圣克莱亚（St.Clare）的化身，哪一块石上不闪耀着她当年圣洁的精神？在克莱亚后背隐约可辨的是康桥最潇贵最骄纵的三一学院（Trinity），它那临河的图书楼上坐镇着拜伦神采惊人的雕像。

但这时你的注意早已叫克莱亚的三环洞桥魔术似的摄住。

你见过西湖白堤上的西泠断桥不是？（可怜它们早已叫代表近代丑恶精神的汽车公司给铲平了，现在它们跟着苍凉的雷峰永远辞别了人间）你忘不了那桥上斑驳的苍苔，木栅的古色，与那桥拱下泄露的湖光与山色不是？克莱亚并没有那样体面的衬托，它也不比庐山栖贤寺旁的观音桥，上瞰五老的奇峰，下临深潭与飞瀑；它只是怯伶伶的一座三环洞的小桥，它那桥洞间也只掩映着细纹的波鳞与婆娑的树影，它那桥上栉比的小穿兰与兰节顶上双双的白石球，也只是村姑子头上不夸张的香草与野花一类的装饰；但你凝神的看着，更凝神的看着，你再反省你的心境，看还有一丝屑的俗念沾滞不？只要你审美的本能不曾泯灭时，这是你的机会实现纯粹美感的神奇！

但你还得选你赏鉴的时辰。英国的天时与气候是走极端的。

冬天是荒谬的坏，逢着连绵的雾盲天你一定不迟疑的甘愿进地狱本身去试试；春天（英国是几乎没有夏天的）是更荒谬的可爱，尤其是它那四五月间最渐缓最艳丽的黄昏，那才真是寸寸黄金。

在康河边上过一个黄昏是一服灵魂的补剂。啊！我那时蜜甜的单独，那时蜜甜的闲暇。一晚又一晚的，只见我出神似的倚在桥阑上向西天凝望：——看一回凝静的桥影，数一数螺钿的波纹；我倚暖了石阑的青苔，青苔凉透了我的心坎；……还有几句更笨重的怎能仿佛那游丝似轻妙的情景：难忘七月的黄昏，远树凝寂，像墨泼的山形，衬出轻柔暝色密稠稠，七分鹅黄，三分橘绿，那妙意只可去秋梦边缘捕捉；……

四

这河身的两岸都是四季常青最葱翠的草坪。从校友居的楼上望去，对岸草场上，不论早晚，永远有十数匹黄牛与白马，胫蹄没在恣蔓的草丛中，从容的在咬嚼，星星的黄花在风中动荡，应和着它们尾鬃的扫拂。桥的两端有斜倚的垂柳与椈荫护住；水是澈底的清澄，深不足四尺，匀匀的长着长条的水草。

这岸边的草坪又是我的爱宠，在清朝，在傍晚，我常去这天然的织锦上坐地，有时读书，有时看水；有时仰卧着看天空的行云，有时反扑着搂抱大地的温软。

但河上的风流还不止两岸的秀丽。你得买船去玩。船不止一种：有普通的双桨划船，有轻快的薄皮舟（canoe），有最别致的长形撑篙船（punt）。最末的一种是别处不常有的：约莫有二丈长，三尺宽，你站直在船梢上用长竿撑着走的。这撑是一种技术。我手脚太蠢，始终不曾学会。你初起手尝试时，容易把船身横住在河中，东颠西撞的狼狈。英国人是不轻易开口笑人的，但是小心他们不出声的皱眉！也不知有多少次河中本来悠闲的秩序叫我这莽撞的外行给捣乱了。我真的始终不曾学会；每回我不服输跑去租船再试的时候，有一个白胡子的船家往往带讥讽的对我说："先生，这撑船费劲，天热累人，还是拿个薄皮舟溜溜吧！"我哪里肯听话，长篙子一点就把船撑了开去，结果还是把河身一段段的腰斩了去。

你站在桥上去看人家撑，那多不费劲，多美！尤其在礼拜天有几个专家的女郎，穿一身缟素衣服，裙裾在风前悠悠的飘着，戴一顶宽边的薄纱帽，帽影在水草间颤动，你看她们出桥洞时的姿态，捻起一根竟像没有分量的长竿，只轻轻的，不经心的往波心里一点，身子微微的一蹲，这船身便波的转出了桥影，翠条鱼似的向前滑了去。她们那敏捷，那闲暇，那轻盈，真是值得歌咏的。

在初夏阳光渐暖时你去买一只小船，划去桥边荫下躺着念你的书或是做你的梦，槐花香在水面上飘浮，鱼群的唼喋声在你的耳边挑逗。或是在初秋的黄昏，近着新月的寒光，望上流僻静处远去。爱热闹的少年们携着他们的女友，在船沿上支着双双的东洋彩纸灯，带着话匣子，船心里用软垫铺着，也开向无人迹处去享他们的野福——谁不爱听那水底翻的音乐在静定的河上描写梦意与春光！

住惯城市的人不易知道季候的变迁。看见叶子掉知道是秋，看见叶子绿知道是春；天冷了装炉子，天热了拆炉子；脱下棉袍，换上夹袍，脱下夹袍，穿上单袍；不过如此罢了。

天上星斗的消息，地下泥土里的消息，空中风吹的消息，都不关我们的事。忙着哪，这样那样事情多着，谁耐烦管星星的移转，花草的消长，风云的变幻？同时我们抱怨我们的生活、苦痛、烦闷、拘束、枯燥，谁肯承认做人是快乐？谁不多少间咒诅人生？

但不满意的生活大都是由于自取的。我是一个生命的信仰者，我信生活决不是我们大多数人仅仅从自身经验推得的那样暗惨。我们的病根是在"忘本"。人是自然的产儿，就比枝头的花与鸟是自然的产儿；但我们不幸是文明人，入世深似一天，离自然远似一天。离开了泥土的花草，离开了水的鱼，能快活吗？能生存吗？从大自然，我们取得我们的生命；从大自然，我们应分取得我们继续的资养。哪一株婆娑的大木没有盘错的根柢深入在无尽藏的地里？我们是永远不能独立的。有幸福是永远不离母亲抚育的孩子，有健康是永远接近自然的人们。不必一定与鹿豕游，不必一定回"洞府"去；为医治我们当前生活的枯窘，只要"不完全遗忘自然"一张轻淡的药方我们的病象就有缓和的希望。在青草里打几个滚，到海水里洗几次浴，到高处去看几次朝霞与晚照——你肩背上的负担就会轻松了去的。

这是极肤浅的道理，当然。但我要没有过过康桥的日子，我就不会有这样的自信。我这一辈子就只那一春，说也可怜，算是不曾虚度。就只那一春，我的生活是自然的，是真愉快的！

（虽则碰巧那也是我最感受人生痛苦的时期）。我那时有的是闲暇，有的是自由，有的是绝对单独的机会。说也奇怪，竟像是第一次，我辨认了星月的光明，草的青，花的香，流水的殷勤。我能忘记那初春的睥睨吗？曾经有多少个清晨我独自冒着冷去薄霜铺地的林子里闲步——为听鸟语，为盼朝阳，为寻泥土里渐次苏醒的花草，为体会最微细最神妙的春信。啊，那是新来的画眉在那边调不尽的青枝上试它的新声！啊，这是第一朵小雪球花挣出了半冻的地面！啊，这不是新宋的潮润沾上了寂寞的柳条？

静极了，这朝来水溶溶的大道，只远处牛奶车的铃声，点缀这周遭的沉默。顺着这大道走去，走到尽头，再转入林子里的小径，往烟雾浓密处走去，头顶是交枝的榆荫，透露着漠楞楞的曙色；再往前走去，走尽这林子，当前是平坦的原野，望见了村舍，初青的麦田，更远三两个馒形的小山掩住了一条通道。天边是雾茫茫的，尖尖的黑影是近村的教寺。听，那晓钟和缓的清音。这一带是此邦中部的平原，地形像是海里的轻波，默沉沉的起伏；山岭是望不见的，有的是常青的草原与沃腴的田壤。登那土阜上望去，康桥只是一带茂林，拥戴着几处娉婷的尖阁。妩媚的康河也望不见踪迹，你只能循着那锦带似的林木想象那一流清浅。村舍与树林是这地盘上的棋子，有村舍处有佳荫，有佳荫处有村舍。这早起是看炊烟的时辰：朝雾渐渐的升起，揭开了这灰苍苍的天幕（最好是微霭后的光景），远近的炊烟，成丝的、成缕的、成卷的、轻快的、迟重的、浓灰的、淡青的、惨白的，在静定的朝气里渐渐的上腾，渐渐的不见，仿佛是朝来人们的祈祷，参差的翳入了天听。朝阳是难得见的，这初春的天气。但它来时是起早人莫大的愉快。顷刻间这田野添深了颜色，一层轻纱似的金粉糁上了这草，这树，这通道，这庄舍。顷刻间这周遭弥漫了清晨富丽的温柔。顷刻间你的心怀也分润了白天诞生的光荣。"春"！这胜利的晴空仿佛在你的耳边私语。"春"！你那快活的灵魂也仿佛在那里回响。

伺候着河上的风光，这春来一天有一天的消息。关心石上的苔痕，关心败草里的花鲜，关心这水流的缓急，关心水草的滋长，关心天上的云霞，关心新来的鸟语。怯伶伶的小雪球是探春信的小使。铃兰与香草是欢喜的初声。窈窕的莲馨，玲珑的石水仙，爱热闹的克罗克斯，耐辛苦的蒲公英与雏菊——这时候春光已是烂漫在人间，更不须殷勤问讯。

瑰丽的春放。这是你野游的时期。可爱的路政，这里不比中国，哪一处不是坦荡荡的大道？徒步是一个愉快，但骑自转车是一个更大的愉快，在康桥骑车是普遍的技术；妇人、稚子、老翁，一致享受这双轮舞的快乐。（在康桥听说自转车是不怕人偷的，就为人人都自己有车，没人要偷）。任你选一个方向，任你上一条通道，顺着这带草味的和风，放轮远去，保管你这半天的逍遥是你性灵的补剂。这道上有的是清荫与美草，随地都可以供你休憩。你如爱花，这里多的是锦绣似的草原。你如爱鸟，这里多的是巧啭的鸣禽。你如爱儿童，这乡间到处是可亲的稚子。你如爱人情，这里多的是不嫌远客的乡人，你到处可以"挂单"借宿，有酪浆与嫩薯供你饱餐，有夺目的果鲜恣你尝新。你如爱酒，这乡间每"望"都为你储有上好的新酿，黑啤如太浓，苹果酒、姜酒都是供你解渴润肺的。……带一卷书，走十里路，选一块清静地，看天，听鸟，读书，倦了时，和身在草绵绵处寻梦去——你能想象更适情更适性的消遣吗？

陆放翁有一联诗句："传呼快马迎新月，却上轻舆趁晚凉"；这是做地方官的风流。我在康桥时虽没马骑，没轿子坐，却也有我的风流：我常常在夕阳西晒时骑了车迎着天边扁大的日头直追。日头是追不到的，我没有夸父的荒诞，但晚景的温存却被我这样偷尝了不少。有三两幅画图似的经验至今还是栩栩的留着。只说看夕阳，我们平常只知道登山或是临海，但实际只须辽阔的天际，平地上的晚霞有时也是一样的神奇。有一次我赶到一个地方，手把着一家村庄的篱笆，隔着一大田的麦浪，看西天的变幻。有一次是正冲着一条宽广的大道，过来一大群羊，放草归来的，偌大的太阳在它们后背放射着万缕的金辉，天上却是乌青青的，只剩这不可逼视的威光中的一条大路，一群生物，我心头顿时感着神异性的压迫，我真的跪下了，对着这冉冉渐翳的金光。再有一次是更不可忘的奇景，那是临着一大片望不到头的草原，满开着艳红的罂粟，在青草里亭亭像是万盏的金灯，阳光从褐色云斜着过来，幻成一种异样紫色，透明似的不可逼视，刹那间在我迷眩了的视觉中，这草田变成了……不说也罢，说来你们也是不信的！

一别二年多了，康桥，谁知我这思乡的隐忧？也不想别的，我只要那晚钟撼动的黄昏，没遮拦的田野，独自斜倚在软草里，看第一个大星在天边出现！

十五年一月十五日

作者简介

徐志摩（1897—1931），现代诗人、散文家。原名章垿，字槱森，留学英国时改名志摩。1924年任北京大学教授。1926年任光华大学、大夏大学和南京中央大学（1949年更名为南京大学）教授。1930年辞去了上海和南京的职务，应胡适之邀，再度任北京大学教授，兼北京女子师范大学教授。1931年11月19日因飞机失事罹难。代表作品有《再别康桥》《翡冷翠的一夜》。

负笈西行 [1] / 蒋梦麟

> 中国的传统教育似乎很偏狭，但是在这种教育的范围之
> 内也包罗万象。有如百科全书，这种表面偏狭的教育，
> 事实上恰是广泛知识的基础。我对知识的兴趣很广泛，
> 可能就是传统思想训练的结果。

我拿出一部分钱，买了衣帽杂物和一张往旧金山的头等
船票，其余的钱就以两块墨西哥鹰洋对一元美金的比例兑取
美钞。上船前，找了一家理发店剪去辫子。理发匠举起利剪，
抓住我的辫子时，我简直有上断头台的感觉，全身汗毛直竖。
咔嚓两声，辫子剪断了，我的脑袋也像是随着剪声落了地。
理发匠用纸把辫子包好还给我。上船后，我把这包辫子丢入

---

[1] 选自《西潮》，蒋梦麟著，辽宁教育出版社，1997 年版。

大海，让它随波逐浪而去。

我拿到医生证明书和护照之后，到上海的美国总领事馆请求签证，按照移民条例第六节规定，申请以学生身份赴美。签证后买好船票，搭乘美国邮船公司的轮船往旧金山。那时是一九〇八年八月底。同船有十来位中国同学。邮船启碇，慢慢驶离祖国海岸，我的早年生活也就此告一段落。在上船前，我曾经练了好几个星期的秋千，所以在二十四天的航程中，一直没有晕船。

这只邮船比我前一年赴神户时所搭的那艘日本轮船远为宽大豪华。船上最使我惊奇的事是跳舞。我生长在男女授受不亲的社会里，初次看到男女相偎相依，婆娑起舞的情形，觉得非常不顺眼。旁观了几次之后，我才慢慢开始欣赏跳舞的优美。

船到旧金山，一位港口医生上船来检查健康，对中国学生的眼睛检查得特别仔细，唯恐有人患沙眼。

我上岸时第一个印象是移民局官员和警察所反映的国家权力。美国这个共和政体的国家，她的人民似乎比君主专制的中国人民更少个人自由，这简直弄得我莫名其妙。我们在中国时，天高皇帝远，一向很少感受国家权力的拘束。

我们在旧金山逗留了几个钟头，还到唐人街转了一趟。我和另一位也预备进加州大学的同学，由加大中国同学会主席领路到了卜技利（伯支利）。晚饭在夏德克路的天光餐馆吃，每人付两角五分钱，吃的有汤、红烧牛肉、一块苹果饼和一杯咖啡。我租了班克洛夫路的柯尔太太的一间房子。柯尔太太已有相当年纪，但是很健谈，对中国学生很关切。她吩咐我出门以前必定要关灯；洗东西以后必定要关好自来水龙头；花生壳决不能丢到抽水马桶里；银钱决不能随便丢在桌子上；出门时不必锁门；如果我愿意锁门，就把钥匙留下藏在地毯下面。她说："如果你需要什么，你只管告诉我就是了。我很了解客居异国的心情。你就拿我的家当自己的家好了，不必客气。"随后她向我道了晚安才走。

到卜技利（伯支利）时，加大秋季班已经开学，因此我只好等到春季再说。我请了加大的一位女同学给我补习英文，学费每小时五毛钱。这段时间内，我把全部精力花在英文上。每天早晨必读《旧金山纪事报》，另外还订了一份《展望》（The Outlook）周刊，作为精读的资料。《韦氏大学字典》一直不离手，碰到稍有疑问的字就打开字典来查，四个月下来，居然字汇大增，读报纸、杂志也不觉得吃力了。

初到美国时，就英文而论，我简直是半盲、半聋、半哑。如果我希望能在学校里跟得上功课，这些障碍必须先行克服。头一重障碍，经过四个月的不断努力，总算大致克服了，完全克服它也不过是时间问题而已。第二重障碍要靠多听人家谈话和教授讲课才能慢慢克服。教授讲课还算比较容易懂，因为教授们的演讲，思想有系统，语调比较慢，发音也清晰。普通谈话的范围比较广泛，而且包括一连串互不衔接而且五花八门的观念，要抓住谈话的线索颇不容易。到剧院去听话剧对白，其难易则介于演讲与谈话之间。

最困难的是克服开不得口的难关。主要的原因是我在中国时一开始就走错了路。错误的习惯已经根深蒂固，必须花很长的时间才能矫正过来。其次是我根本不懂语音学的方法，单凭模仿，不一定能得到准确的发音。因为口中发出的声音与耳朵听到的声音之间，以及耳朵与口舌之间，究竟还有很大的差别。耳朵不一定能够抓住正确的音调，口舌也不一定能够遵照耳朵的指示发出正确的声音。此外，加利福尼亚这个地方对中国人并不太亲热，难得使人不生身处异地、万事小心的感觉。我更特别敏感，不敢贸然与美国人厮混，别人想接近我时，我也很怕羞。许多可贵的社会关系都因此断绝了。语言只有多与人接触才能进步，我既然这样固步自封，这方面的进步自然慢之又慢。后来我进了加大，这种口语上的缺陷，严重地影响了我在课内课外参加讨论的机会。有人问我问题时，我常常是脸一红，头一低，不知如何回答。教授们总算特别客气，从来不勉强我回答任何问题。也许他们了解我处境的窘困，也许是他们知道我是外国人，所以特别加以原谅。无论如何，他们知道，我虽然噤若寒蝉，对功课仍旧很用心，因为我的考试成绩多半列在乙等以上。

日月如梭，不久圣诞节就到了。圣诞前夕，我独自在一家餐馆里吃晚餐，菜比初到旧金山那一天好得多，花的钱，不必说，也非那次可比。饭后上街闲游，碰到没有拉起窗帘的人家，我就从窗户眺望他们欢欣团聚的情形。每户人家差不多都有满饰小电灯或蜡烛的圣诞树。

大除夕，我和几位中国同学从卜技利（伯支利）渡海到旧金山。从渡轮上可以远远地看到对岸的钟楼装饰着几千盏电灯。上岸后，发现旧金山到处人山人海。码头上候船室里的自动钢琴震耳欲聋。这些钢琴只要投下一枚镍币就能自动弹奏。我随着人潮慢慢地在大街上闲逛，耳朵里满是小喇叭和小鼗鼓的噪音，玩喇叭和鼗鼓的人特别喜欢凑着漂亮的太太小姐们的耳朵开玩笑，这些太太小姐们虽然耳朵吃了苦头，但仍然觉得这些玩笑是一种恭维，因此总是和颜悦色地报以一笑。空中到处飘扬着五彩纸条，有的甚至缠到人们的颈上。碎花纸像彩色的雪花飞落在人们的头上。我转到唐人街，发现成群结队的人在欣赏东方色彩的橱窗装饰。噼噼啪啪的鞭炮声，使人觉得像在中国过新年。

午夜钟声一响，大家一面提高嗓门大喊"新年快乐！"一面乱揿汽车喇叭或者大摇响铃。五光十色的纸条片更是漫天飞舞。这是我在美国所过的第一个新年。美国人的和善和天真好玩使我留下深刻的印象。在他们的欢笑嬉游中可以看出美国的确是个年轻的民族。

那晚回家时已经很迟，身体虽然疲倦，精神却很轻松，上床后一直睡到第二天日上三竿起身。早饭后，我在卜技利（伯支利）的住宅区打了个转。住宅多半沿着徐缓的山坡建筑，四周则围绕着花畦和草地。玫瑰花在加州温和的冬天里到处盛开着，卜技利（伯支利）四季如春，通常长空蔚蓝不见朵云。很像云南的昆明、台湾的台南，而温度较低。

新年之后，我兴奋地等待着加大第二个学期在二月间开学。心中满怀希望，我对语言的学习也加倍努力。快开学时，我以上海南洋公学的学分申请入学，结果获准进入农学院，以中文学分抵补了拉丁文的学分。

我过去的准备工作偏重文科方面，结果转到农科，我的动机应该在这里解释一下。我转农科并非像有些青年学生听天由命那样的随便，而是经过深思熟虑才慎重决定的。我想，中国既然以农立国，那么只有改进农业，才能使最大多数的中国人得到幸福和温饱。同时我幼时在以耕作为主的乡村里生长，对花草树木和鸟兽虫鱼本来就有浓厚的兴趣。为国家，为私人，农业都似乎是最合适的学科。此外我还有一个次要的考虑，我在孩提时代身体一向羸弱，我想如果能在田野里多接触新鲜空气，对我身体一定大有裨益。

第一学期选的功课是植物学、动物学、生理卫生、英文、德文和体育。除了体育是每周六小时以外，其余每科都是三小时。我按照指示到大学路一家书店买教科书。我想买植物学教科书时，说了半天店员还是听不懂，后来我只好用手指指书架上那本书，他才恍然大悟。原来植物学这个名词的英文字（botany）重音应放在第一音节，我却把重音念在第二音节上去了。经过店员重复一遍这个字的读音以后，我才发现自己的错误。买了书以后心里很高兴，既买到书，同时又学会一个英文字的正确发音，真是一举两得。后来教授要我们到植物园去研究某种草木，我因为不知道植物园（botanical garden）在哪里，只好向管清洁的校工打听。念到植物园的植物这个英文字时，我自作聪明把重音念在第一音节上，我心里想，"植物学"这个英文字的重音既然在第一音节上，举一反三，"植物园"中"植物"一字的重音自然也应该在第一音节上了。结果弄得那位工友瞠目不知所答。我只好重复了一遍，工友揣摩了一会之后才恍然大悟。原来是我举一反三的办法出了毛病，"植物（的）"这个字的重音却应该在第二音节上。

可惜当时我还没有学会任何美国的俚语村言，否则恐怕"他 × 的"一类粗话早已脱口而出了。英文重音的捉摸不定曾经使许多学英文的人伤透脑筋。固然重音也有规则可循，但是每条规则总有许多例外，以致例外的反而成了规则。因此每个字都得个别处理，要花很大工夫才能慢慢学会每个字的正确发音。

植物学和动物学引起我很大的兴趣。植物学教授在讲解显微镜用法时曾说过笑话："你们不要以为从显微镜里可以看到大如巨象的苍蝇。事实上，你们恐怕连半只苍蝇腿都看不到呢！"

我在中国读书时，课余之暇常常喜欢研究鸟兽虫鱼的生活情形，尤其在私塾时代，一天到晚死背枯燥乏味的古书，这种肤浅的自然研究正可调节一下单调的生活，因而也就慢慢培养了观察自然的兴趣，早年的即兴观察和目前对动植物学的兴趣，有一个共通的出发点——好奇，最大的差别在于使用的工具。显微镜是眼睛的引伸，可以使人看到肉眼无法辨别的细微物体。使用显微镜的结果，使人发现多如繁星的细菌。望远镜是眼睛的另一种引伸，利用望远镜可以观察无穷无数的繁星。我渴望到黎克天文台去见识见识世界上最大的一具望远镜，但是始终因故不克遂愿。后来花了二毛五分钱，从街头的一架望远镜去眺望行星，发现银色的土星带着耀目的星环，在蔚蓝的天空中冉冉移动，与学校里天体挂图上所看到的一模一样。当时的经验真是又惊又喜。

　　在农学院读了半年，一位朋友劝我放弃农科之类的实用科学，另选一门社会科学。他认为农科固然重要，但是还有别的学科对中国更重要。他说，除非我们能参酌西方国家的近代发展来解决政治问题和社会问题，那么农业问题也就无法解决。其次，如果不改修社会科学，我的眼光可能就局限于实用科学的小圈子，无法了解农业以外的重大问题。

　　我曾经研究过中国史，也研究过西洋史的概略，对各时代各国国力消长的情形有相当的了解，因此对于这位朋友的忠告颇能领略。他的话使我一再考虑，因为我已再度面临三岔路口，迟早总得有个决定。我曾经提到，碰到足以影响一生的重要关头，我从不轻率作任何决定。

一天清早，我正预备到农场看挤牛奶的情形，路上碰到一群蹦蹦跳跳的小孩子去上学。我忽然想起：我在这里研究如何培育动物和植物，为什么不研究研究如何作育人材呢？农场不去了，一直跑上卜技利（伯支利）的山头，坐在一棵古橡树下，凝望着旭日照耀下的旧金山和金门港口的美景。脑子里思潮起伏，细数着中国历代兴衰的前因后果。忽然之间，眼前恍惚有一群天真烂漫的小孩，像凌波仙子一样从海湾的波涛中涌出，要求我给他们读书的学校，于是我毅然决定转到社会科学学院，选教育为主科。

从山头跑回学校时已近晌午，我直跑到注册组去找苏顿先生，请求从农学院转到社会科学学院。经过一番诘难和辩解，转院总算成功了。从一九〇九年秋天起，我开始选修逻辑学、伦理学、心理学和英国史，我的大学生涯也从此步入正途。

岁月平静而愉快地过去，时间之沙积聚的结果，我的知识也在大学的学术气氛下逐渐增长。

从逻辑学里我学到思维是有一定的方法的。换一句话说，我们必须根据逻辑方法来思考。观察对于归纳推理非常重要，因此我希望训练自己的观察能力。我开始观察校园之内，以及大学附近所接触到的许许多多事物。母牛为什么要装铃？尤加利树的叶子为什么垂直地挂着？加州的罂粟花为什么都是黄的？

有一天早晨，我沿着卜技利（伯支利）的山坡散步时，发现一条水管正在汩汩流水。水从哪里来的呢？沿着水管找，终于找到了水源，我的心中也充满了童稚的喜悦。这时我已到了相当高的山头，我很想知道山岭那一边究竟有些什么。翻过一山又一山，发现这些小山简直多不胜数。越爬越高，而且离住处也越来越远。最后只好放弃初衷，沿着一条小路回家。归途上发现许多农家，还有许多清澈的小溪和幽静的树林。

这种漫无选择的观察，结果自然只有失望。最后我终于发现，观察必须有固定的对象和确切的目的，不能听凭兴之所至乱观乱察。天文学家观察星球，植物学家则观察草木的生长。后来我又发现另外一种称为实验的受控制的观察，科学发现就是由实验而来的。

念伦理学时，我学到道德原则与行为规律的区别。道德原则可以告诉我们，为什么若干公认的规律切合某阶段文化的需要；行为规律只要求大家遵守，不必追究规律背后的原则问题，也不必追究这些规律与现代社会的关系。

在中国，人们的生活是受公认的行为规律所规范的。追究这些行为规律背后的道德原则时，我的脑海里马上起了汹涌的波澜。一向被认为最终真理的旧有道德基础，像遭遇地震一样开始摇摇欲坠。同时，赫利·奥佛斯屈里特（Harry Overstreet）教授也给了我很大的启示。传统的教授通常只知道信仰公认的真理，同时希望他的学生们如此做。奥佛斯屈里特教授的思想却特别敏锐，因此促使我探测道德原则的基石上的每一裂缝。我们上伦理学课，总有一场热烈的讨论。我平常不敢参加这些讨论，一方面由于我英语会话能力不够，另一方面是由于自卑感而来的怕羞心理。因为一九〇九年前后是中国现代史上最黑暗的时期，而且我们对中国的前途也很少自信。虽然不参加讨论，听得却很用心，很像一只聪明伶俐的小狗竖起耳朵听它主人说话，意思是懂了，嘴巴却不能讲。

我们必须读的参考书包括柏拉图、亚里士多德、约翰福音和奥里留士（马克·奥勒留）等。念了柏拉图和亚里士多德之后，使我对希腊人穷根究底的头脑留有深刻的印象。我觉得四书富于道德的色彩，希腊哲学家却洋溢着敏锐的智慧。这印象使我后来研究希腊史，并且做了一次古代希腊思想和中国古代思想的比较研究。研究希腊哲学家的结果，同时使我了解希腊思想在现代欧洲文明中所占的重要地位，以及希腊文被认为自由教育不可缺少的一部分的原因。

读了约翰福音之后，我开始了解耶稣所宣扬的爱的意义。如果撇开基督教的教条和教会不谈，这种"爱敌如己"的哲学，实在是最高的理想。如果一个人真能爱敌如己，那么世界上也就不会再有敌人了。

"你们能够做到爱你们的敌人吗？"教授向全班发问，没有人回答。

"我不能够。"那只一直尖起耳朵谛听的狗吠了。

"不能够？"教授微笑着反问。

我引述了孔子所说的"以直报怨，以德报德"作答。教授听了以后插嘴说："这也很有道理啊，是不是？"同学们没有人回答。下课后一位年轻的美国男同学过来拍拍我的肩膀说："爱敌如己！吹牛，是不是？"

奥里留士（马可·奥勒留）的言论很像宋朝哲学家。他沉思默想的结果，发现理智是一切行为的准则。如果把他的著述译为中文，并把他与宋儒相提并论，很可能使人真伪莫辨。

对于欧美的东西，我总喜欢用中国的尺度来衡量。这就是从已知到未知的办法。根据过去的经验，利用过去的经验获得新经验也就是获得新知识的正途。譬如说，如果一个小孩从来没有见过飞机，我们可以解释给他听，飞机像一只飞鸟，也像一只长着翅膀的船，他就会了解飞机是怎么回事。如果一个小孩根本没有见过鸟或船，使他了解飞机可就不容易了。一个中国学生如果要了解西方文明，也只能根据他对本国文化的了解。他对本国文化的了解愈深，对西方文化的了解愈易，根据这种推理，我觉得自己在国内求学时，常常为读经史子集而深夜不眠，这种苦功总算没有白费，我现在之所以能够吸收、消化西洋思想，完全是这些苦功的结果。我想，我今后的工作就是找出中国究竟缺少些什么，然后向西方吸收所需要的东西。心里有了这些观念以后，我渐渐增加了自信，减少了羞怯，同时前途也显得更为光明。

　　我对学问的兴趣很广泛，选读的功课包括上古史、英国史、哲学史、政治学，甚至译为英文的俄国文学。托尔斯泰的作品更是爱不释手，尤其是《安娜·卡列尼娜》和《战争与和平》。我参加过许多著名学者和政治家的公开演讲会，听过桑太耶那、泰戈尔、大卫、斯坦、约登、威尔逊（当时是普林斯顿校长）以及其他学者的演讲。对科学、文学、艺术、政治和哲学我全有兴趣。也听过塔虎脱（塔夫脱）和罗斯福的演说。罗斯福在加大希腊剧场演说的，曾经说过："我攫取了巴拿马运河，国会要辩论，让它辩论就是了。"他演说时的强调语气和典型姿势，至今犹历历可忆。

　　中国的传统教育似乎很偏狭，但是在这种教育的范围之内也包罗万象。有如百科全书，这种表面偏狭的教育，事实上恰是广泛知识的基础。我对知识的兴趣很广泛，可能就是传统思想训练的结果。中国古书包括各方面的知识，例如历史、哲学、文学、政治经济、政府制度、军事、外交等等。事实上绝不偏狭。古书之外，学生们还接受农业、灌溉、天文、数学等实用科学的知识。可见中国的传统学者绝非偏狭的专家，相反地，他具备学问的广泛基础。除此之外，虚心追求真理是儒家学者的一贯目标，不过，他们的知识只限于书本上的学问，这也许是他们欠缺的地方。在某一意义上说，书本知识可能是偏狭的。

幼时曾经读过一本押韵的书，书名《幼学琼林》，里面包括的问题非常广泛，从天文地理到草木虫鱼无所不包，中间还夹杂着城市、商业、耕作、游记、发明、哲学、政治等等题材。押韵的书容易背诵，到现在为止，我仍旧能够背出那本书的大部分。

卜技利（伯支利）的小山上有满长青苔的橡树和芳香扑鼻的尤加利树；田野里到处是黄色的罂粟花；私人花园里的红玫瑰在温煦的加州太阳下盛放着。这里正是美国西部黄金世界。本地子弟的理想园地。我万幸得享母校的爱护和培养，使我这个来自东方古国的游子得以发育成长，衷心铭感，无以言宣。

加州气候冬暖夏凉，四季如春，我在这里的四年生活确是轻松愉快。加州少雨，因此户外活动很少受影响。冬天虽然有阵雨，也只是使山上的青草变得更绿，或者使花园中的玫瑰花洗涤得更娇艳。除了冬天阵雨之外，几乎没有任何恶劣的气候影响希腊剧场的演出，剧场四周围绕着密茂的尤加利树。莎翁名剧、希腊悲剧、星期演奏会和公开演讲会都在露天举行。离剧场不远是运动场，校际比赛和田径赛就在那里举行。青年运动会都竭全力为他们的母校争取荣誉。美育、体育和智育齐头并进。这就是古希腊格言所称"健全的心寓于健全的身"——这就是古希腊格言的实践。

在校园的中心矗立着一座钟楼，睥睨着周围的建筑。通到大学路的大门口有一重大门，叫"赛色门"，门上有许多栩栩如生的浮雕裸像。这些裸像引起许多女学生的家长抗议。我的伦理学教授说："让女学生们多看一些男人的裸体像，可以纠正她们忸怩作态的习惯。"老图书馆（后来拆除改建为陀氏图书馆）的阅览室里就有维纳斯以及其他希腊女神裸体的塑像。但是男学生的家长从未有过批评。我初次看到这些希腊裸体人像时，心里也有点疑惑，为什么学校当局竟把这些"猥亵"的东西摆在智慧的源泉。后来，我猜想他们大概是要灌输"完美的思想寓于完美的身体"的观念。在希腊人看起来，美丽、健康和智慧是三位一体而不可分割的。

橡树丛中那次《仲夏夜之梦》的演出，真是美的极致。青春、爱情、美丽、欢愉全在这次可喜的演出中活生生地表现出来了。

学校附近有许多以希腊字母做代表的兄弟会和姊妹会。听说兄弟会和姊妹会的会员们欢聚一堂，生活非常愉快。我一直没有机会去做客。后来有人约我到某兄弟会去做客，但是附带一个条件——我必须投票选举这个兄弟会的会员出任班主席和其他职员。事先，他们曾经把全班同学列一名单，碰到可能选举他们的对头人，他们就说这个"要不得！"同时在名字上打上叉。

我到那个兄弟会时，备受殷勤招待，令人没齿难忘。第二天举行投票，为了确保中国人一诺千金的名誉，我自然照单圈选不误，同时我也很高兴能在这次竞选中结交了好几位朋友。

选举之后不久，学校里有一次营火会。究竟庆祝什么却记不清楚了。融融的火光照耀着这班青年的快乐面庞。男男女女齐声高歌。每一支歌结束时，必定有一阵呐喊。木柴的爆裂声，女孩子吃吃的笑声和男孩子的呼喊声，至今犹在耳际萦绕。我忽然在火光烛照下邂逅一位曾经受我一票之赐的同学。使我大出意外的是这位同学竟对我视若路人，过去的那份亲热劲儿不知哪里去了！人情冷暖，大概就是如此吧！他对我的热情，我已经以"神圣的一票"来报答，有债还债，现在这笔账已经结清，谁也不欠谁的。从此以后，我再也不拿选举交换招待，同时在学校选举中从此没有再投票。

在"北楼"的地下室里，有一间学生经营的"合作社"，合作社的门口挂着一块牌子，上面写着："我们相信上帝，其余人等，一律现钱交易。"合作社里最兴隆的生意是五分钱一个的热狗，味道不错。

学校里最难忘的人是哲学馆的一位老工友，我的先生同学们也许已经忘记他，至少我始终忘不了。他个子高而瘦削，行动循规蹈矩。灰色的长眉毛几乎盖到眼睛，很像一只北京叭儿狗，眼睛深陷在眼眶里。从眉毛下面，人们可以发现他的眼睛闪烁着友善而热情的光辉。我和这位老工友一见如故，下课以后，或者星期天有空，我常常到地下室去拜访他。他从加州大学还是一个小规模的学校时开始，就一直住在那地下室里。

他当过兵，曾在内战期间在联邦军队麾下参加许多战役。他生活在回忆中，喜欢讲童年和内战的故事。我从他那里获悉早年美国的情形。这些情形离现在将近百年，许多情形与当时中国差不多，某些方面甚至还更糟。他告诉我，他幼年时美国流通好几种货币：英镑、法郎，还有荷兰盾。现代卫生设备在他看起来一文不值。有一次他指着一卷草纸对我说："现代的人虽然有这些卫生东西，还不是年纪轻轻就死了。我们当时可没有什么卫生设备，也没有你们所谓的现代医药。你看我，我年纪这么大，身体多健康！"他直起腰板，挺起胸脯，像一位立正的士兵，让我欣赏他的精神体魄。

西点军校在他看起来也是笑话，"你以为他们能打仗呀？那才笑话！他们全靠几套制服撑场面，游行时他们穿得倒真整齐。但是说到打仗——差远了！我可以教教他们。有一次作战时，我单枪匹马就把一队叛军杀得精光，如果他们想学习如何打仗，还是让他们来找我吧！"

虽然内战已经结束那么多年，他对参加南部同盟的人却始终恨之入骨。他说，有一次战役结束之后，他发现一位敌人受伤躺在地上，他正预备去救助。"你晓得这家伙怎么着？他一枪就向我射过来！"他瞪着两只眼睛狠狠地望着我，好像我就是那个不知好歹的家伙似的。我说："那你怎么办？""我一枪就把这畜生当场解决了。"他回答说。

这位军人出身的老工友，对我而论，是加州大学不可分的一部分，他自己也如此看法，因为他曾经亲见加大的发育成长。

作者简介

蒋梦麟（1886—1964），浙江余姚人，中国近现代著名的教育家，曾任北京大学校长。在教育主张上，蒋梦麟认为教育的长远之计在于"取中国之国粹，调和世界近世之精神：定标准，立问题"，以培养"科学之精神""社会之自觉"为目标。主要著作包括自传体作品《西潮》《新潮》《谈学问》《中国教育原则之研究》等。

下篇

那时的大学 之 永远的叮咛

论大学教育①/冯友兰

> 所以大学教育除了给人一专知识外，还养成一个清楚的脑子、热烈的心，这样他对社会才可以了解、判断，对已往现在所有的有价值的东西才可以欣赏。有了清楚的脑、热烈的心以后，他对于人生、社会的看法如何，那是他自己的事，他不能只在接受已有的结论。一个学校如果这样做，那就成了宣传，训练出来的人也就成了器。这是职业生和大学生不同的地方。

就常理说，大学的性质是什么呢？大学不是教育部高等教

---

① 本文是冯友兰先生67年前在一次演讲中发表的观点，由记者冀新识整理后刊载在《展望》第二卷第九期上。选自《三松堂全集》，河南人民出版社，2001年版。

育司的一科。现在政府的人站在官场上，常常说大学是属于教育部高等教育司的，实在不合理。大学不仅只是一个比高中高一级的学校，它有两重作用：一方面它是教育机关，一方面它又是研究机关；教育的任务是传授人类已有的知识，研究的任务则在求新知识——当然研究也需要先传授已有的知识。所以，一个大学可以说是一个知识的宝库。它对人类社会所负的任务用一句老话说就是"继往开来"。

古人常说"一物不知，儒者之耻"。但是现在已经不是这样，学问已专门了，所谓专门是对某种学问的一点特别精通；事实上对于各种学问都专门的人恐怕没有，也没有人这样想，如果有，那个人一定是精神有问题。但是这句话可以改为"一事不知，大学之耻"。一个大学对它所在的那个时代所有的知识都应该有人知道。从前常说三家村有一位教书先生，他就是那一村的知识顾问，凡是那一村的人在知识上有了问题都请问他，看他怎么说。现在一个大学站在世界或国家的立场，也是一个知识顾问，也可说是专家集团。国家社会在知识上的问题，都可以找它来解决，如同找三家村的先生一样。战前中山大学才成立的时候，派人来平买书，琉璃厂书铺的人问他要什么书，他回答说"只要是书就要"。这话很有道理，一个大学什么书都应当有，不管它是哪一方面的。因为这种性质，所以一个大学不能是教育部高等教育司的一科。严格说，一个大学应该是独立的，不受任何干涉。

现在世界的学问越进步，分工越精细，对于任何一种学问，只有研究那一种学问的人有发言权，别人实在说来不能对专门知识发言，因为他没有资格。每一部分的专家如何去研究？研究什么？他不能叫别人了解，也不必叫别人了解；他们研究的成绩的好坏，只有他们的同行可以了解，可以批评，别人不能干涉。所以国家应该给他们研究的自由。因此，一个大学也可说是独立的，"自行继续"的团体。所谓"自行"就是一个大学内部的新陈代谢，应该由它自己决定、支配，也就是由它自己谈论、批评，别人不能管。所以说大学不仅只是一个比高中高一级的学校。

大学不是职业学校，不只在训练职业人才。职业学校训练出来的人，按理说一定有事情做——现在的社会一切都是乱的，自然不同。而大学就不同，它训练出来的人自然有些是做事的，而大多数是没有事情可做。望文生义，我们可以知道工学院毕业的人干工业，政治系毕业的人干政治，然而学哲学的干什么呢？世界上有各种职业学校，就是没有"哲学职业学校"！所以大学不同于职业学校。人类所有的知识学问对于人生的作用，有的很容易看出来，有的短时间甚至永远看不出来。就世俗说有些学问是有用的，有些学问就没用；可是一个大学就应该特别着重这些学问，因为有用的学问已有职业学校及工厂去做了。"红"的、有出路的学问大学应该研究；而"冷僻"的、没有出路的学问，大学更应该研究。

它所研究的不应问对"吃饭""穿衣"有什么用处，因为人类不只是吃饭穿衣就够了。

大学不是宣传机关，它不在宣传哪一种政治上的主义以及作用。方才说过大学是专家集团，当然对于任何政治理论都讲，但不是宣传哪一种主义，只要它能成为一种学问，一种知识，就可以研究它。

上面已经说过，大学既是教育机关，又是研究机关。但是它所教育出来的人是什么样呢？简单说来，它所训练出来的人也有特殊机能。但只有特殊机能还是不够；所谓"特殊机能"就是"器"，如茶杯可盛水，凳子可坐；人如只有机能他就是一个"器"。职业学校的毕业生就是器，或者说他是大器，但无论如何大总是一个器。孔子说"君子不器"，现在可以说人不只是一个器。此处所谓"人"是合乎理想的人，不只是一个肉体的人。它不同于器，器是一种工具，别人可以利用它达到某种目的。一个人不是工具，除了有专门才能贡献人类外，他还是一个"人"；"人"是什么？如何成为一个"人"？所谓"人"，就是对于世界社会有他自己的认识、看法，对以往及现在所有有价值的东西——文学、美术、音乐等都能欣赏，具备这些条件者就是一个"人"。所以大学教育除了给人一专知识外，还养成一个清楚的脑子、热烈的心，这样他对社会才可以了解、判断，对已往现在所有的有价值的东西才可以欣赏。有了清楚的脑、热烈的心以后，他对于人生、社会的看法如何，那是他自己的事，他不能只在接受已有的结论。一个学校如果这样做，那就成了宣传，训练出来的人也就成了器。这是职业生和大学生不同的地方。

大学既是专家集团、自行继续的团体，所以一个真正的大学都有它自己的特点、特性。比如我们说清华精神，这就是自行继续的专家的团体的特性。至于它的特性是什么，我们用不着说，因为不是讨论清华精神的。由于一个大学所特有的特性，由哪一个大学毕业的学生，在他的脸上就印上了一个商标、一个徽章，一看就知道他是哪一个学校的毕业生，这样的学生才是一个真正的大学生。教育部的人特别不了解这一点，认为大学是属于高等教育司的一科，彼此没有分别，不管什么事就立一个规章令所有的大学照办。比如一个学校应有的组织，有什么职员，全是一样。所有的大学硬要用一个模型造出来，这就是不了解大学是一个自行继续的专家的团体，有其传统习惯，日久而形成一种精神特点。

1948 年 6 月 10 日于清华园

我的读书经验 [①] /冯友兰

> 中国有句老话说是"书不尽言，言不尽意"，意思是说，一部书上所写的总要比写那部书的人的话少，他所说的话总比他的意思少。

我今年八十七岁了，从七岁上学起就读书，一直读了八十年，期间基本上没有间断，不能说对于读书没有一点经验。我所读的书，大概都是文、史、哲方面的，特别是哲。我的经验总结起来有四点：（1）精其选，（2）解其言，（3）知其意，（4）明其理。

先说第一点。古今中外，积累起来的书真是多极了，真是浩如烟海。但是，书虽多，有永久价值的还是少数。可以

①　本文作于 1982 年。选自《三松堂全集》，河南人民出版社，2001 年版。

把书分为三类，第一类是要精读的，第二类是可以泛读的，第三类是只供翻阅的。所谓精读，是说要认真地读，扎扎实实地一个字一个字地读。所谓泛读，是说可以粗枝大叶地读，只要知道它大概说的是什么就行了。所谓翻阅，是说不要一个字一个字地读，不要一句话一句话地读，也不要一页一页地读。就像看报纸一样，随手一翻，看看大字标题，觉得有兴趣的地方就大略看看，没有兴趣的地方就随手翻过。听说在中国初有报纸的时候，有些人捧着报纸，就像念"五经""四书"一样，一字一字地高声朗诵。照这个办法，一天的报纸，念一年也念不完。大多数的书，其实就像报纸上的新闻一样，有些可能轰动一时，但是昙花一现，不久就过去了。所以，书虽多，真正值得精读的并不多。下面所说的就指值得精读的书而言。

怎样知道哪些书是值得精读的呢？对于这个问题不必发愁。自古以来，已经有一位最公正的评选家，有许多推荐者向它推荐好书。这个评选家就是时间，这些推荐者就是群众。历来的群众，把他们认为有价值的书，推荐给时间。时间照着他们的推荐，对于那些没有永久价值的书都刷下去了，把那些有永久价值的书流传下来。从古以来流传下来的书，都是经过历来群众的推荐，经过时间的选择，流传了下来。我们看见古代流传下来的书，大部分都是有价值的，我们心里觉得奇怪，怎么古人写的东西都是有价值的。其实这没有什么奇怪，他们所作的东西，也有许多没有价值的，不过这些没有价值的东西，没有为历代群众所推荐，在时间的考验上，落了选，被刷下去了。现在我们所称为"经典著作"或"古典著作"的书都是经过时间考验，流传下来的。这一类的书都是应该精读的书。当然随着时间的推移和历史的发展，这些书之中还要有些被刷下去。不过直到现在为止，它们都是榜上有名的，我们只能看现在的榜。

我们心里先有了这个数，就可随着自己的专业选定一些须要精读的书。这就是要一本一本地读，所以在一个时间内只能读一本书，一本书读完了才能读第二本。在读的时候，先要解其言。这就是说，首先要懂得它的文字；它的文字就是它的语言。语言有中外之分，也有古今之别。就中国的汉语笼统地说，有现代汉语，有古代汉语，古代汉语统称为古文。详细地说，古文之中又有时代的不同，有先秦的古文，有两汉的古文，有魏晋的古文，有唐宋的古文。中国汉族的古书，都是用这些不同的古文写的。这些古文，都是用一般汉字写的，但是仅只认识汉字还不行。我们看不懂古人用古文写的书，古人也不会看懂我们现在的《人民日报》。这叫语言文字关。攻不破这道关，就看不见这道关里边是什么情况，不知道关里边是些什么东西，只好在关外指手画脚，那是不行的。我所说的解其言，就是要攻破这一道语言文字关。当然要攻这道关的时候，要先作许多准备，用许多工具，如字典和词典等工具书之类。这是当然的事，这里就不多谈了。

中国有句老话说是"书不尽言，言不尽意"，意思是说，一部书上所写的总要比写那部书的人的话少，他所说的话总比他的意思少。一部书上所写的总要简单一些，不能像他所要说的话那样啰唆。这个缺点倒有办法可以克服。只要他不怕啰唆就可以了。好在笔墨纸张都很便宜。文章写得啰唆一点无非是多费一点笔墨纸张，那也不是了不起的事。可是言不尽意那种困难，就没有法子克服了。因为语言总离不了概念，概念对于具体事物来说，总不会完全合适，不过是一个大概轮廓而已。比如一个人说，他牙痛。牙是一个概念，痛是一个概念，牙痛又是一个概念。其实他不仅止于牙痛而已。那个痛，有一种特别的痛法，有一定的大小范围，有一定的深度。这都是很复杂的情况，不是仅仅牙痛两个字所能说清楚的，无论怎样啰唆他也说不出来的，言不尽意的困难就在于此。所以在读书的时候，即使书中的字都认得了，话全懂了，还未必能知道作书的人的意思。从前人说，读书要注意字里行间，又说读诗要得其"弦外音，味外味"。这都是说要在文字以外体会它的精神实质。这就是知其意。司马迁说过："好学深思之士，心知其意。"意是离不开语言文字的，但有些是语言文字所不能完全表达出来的。如果仅只局限于语言文字，死抓住语言文字不放，那就成为死读书了。死读书的人就是书呆子。语言文字是帮助了解书的意思的拐棍。既然知道了那个意思以后，最好扔了拐棍。这就是古人所说的"得意妄言"。在人与人的关系中，过河拆桥是不道德的事。但是，在读书中，就是要过河拆桥。

上面所说的"书不尽言""言不尽意"之外，还可再加一句"意不尽理"。理是客观的道理，意是著书的人的主观的认识和判断。也就是客观的道理在他的主观上的反映。理和意既然有主观客观之分，意和理就不能完全相合。人总是人，不是全知全能。他的主观上的反映、体会和判断，和客观的道理总要有一定的差距，有或大或小的错误。所以读书仅至得其意还不行，还要明其理，才不至于为前人的意所误。如果明其理了，我就有我自己的意。我的意当然也是主观的，也可能不完全合乎客观的理。但我可以把我的意和前人的意互相比较，互相补充，互相纠正。这就可能有一个比较正确的意。这个意是我的，我就可以用它处理事务，解决问题。好像我用我自己的腿走路，只要我心里一想走。腿就自然而然地走了。读书到这个程度就算是能活学活用，把书读活了。会读书的人能把死书读活；不会读书的人能把活书读死。把死书读活，就能把书为我所用，把活书读死，就是把我为书所用。能够用书而不为书所用，读书就算读到家了。

　　从前有人说过："六经注我，我注六经。"自己明白了那些客观的道理，自己有了意，把前人的意作为参考，这就是"六经注我"。不明白那些客观的道理，甚而至于没有得古人所有的意，而只在语言文字上推敲，那就是"我注六经"。只有达到"六经注我"的程度，才能真正地"我注六经"。

大学的生活——学生选择科系的标准[①] / 胡适

> 我选课用什么做标准？听哥哥的话？看国家的需要？还是凭自己？只有两个标准：一个是"我"；一个是"社会"，看看社会需要什么？国家需要什么？中国现代需要什么？但这个标准——社会上三百六十行，行行都需要，现在可以说三千六百行，从诺贝尔得奖人到修理马桶的，社会都需要，所以社会的并不重要。因此，在定主意的时候，便要依着自我的兴趣了——即性之所近，力之所能。

校长、主席、各位同学：

　　我刚才听见主席说今天大家都非常愉快和兴奋，我想大

---

① 　本文是胡适1958年6月在台湾大学法学院的演说词。选自《胡适文集》，北京大学出版社，1998年版。

家一定会提出抗议的，在这大热的天气，要大家挤在一起受罪，我的内心感到实在不安，我首先要向各位致百分之百的道歉。回来后一直没有做公开演讲，有许多团体来邀请，我都谢绝了，因为每次演讲房子总是不够用。以前在三军球场有过一次演说，我也总以为房子是没问题了，但房子仍是不够。今天要请各位原谅，实在不是我的罪过，台大代联会邀请了几次，我只好勉强地答应下来。

前几天我就想究竟要讲些什么？我问了钱校长和几位好朋友，他们都很客气，不给我出题，就是主席也不给我出题。今天既是台大代联会邀请，那么，我想谈谈大学生的生活，把我个人的或者几位朋友的经验，贡献给大家，也许可作各位同学的借镜，给各位一点暗示的作用。

记得在民国三十八年应傅斯年校长之请，在中山堂作一次公开演讲。我也总以为房子够用了，谁知又把玻璃窗弄破了不少。从民国三十八年到今天已有八九年的工夫了，这九年来，看到台大的进步和发展，不仅在学生人数方面已增加到七千多，设备、人才和科学方面也进步很多，尤其是医农两学院的进步，更得国外来参观过的教育家很大的赞赏。这是我要向校长、各位同学道贺的。

不过，我又听见许多朋友讲，目前很多学生选择科系时，从师长的眼光看，都不免带有短见，倾向于功利主义方面。天才比较高的都跑到医工科去，而且只走入实用方面，而又不选择基本学科，譬如学医的，内科、外科、产科、妇科，有很多人选，而基本学科譬如生物化学、病理学，很少青年人去选读，这使我感到今日的青年不免短视，带着近视眼镜去看自己的前途与将来。我今天头一项要讲的，就是根据我们老一辈的对选科系的经验，贡献给各位。我讲一段故事。

记得四十八年前，我考取了官费出洋，我的哥哥特地从东三省赶到上海为我送行，临行时对我说，我们的家早已破坏中落了，你出国要学些有用之学，帮助复兴家业，重振门楣，他要我学开矿或造铁路，因为这是比较容易找到工作的，千万不要学些没用的文学、哲学之类没饭吃的东西。我说好的，船就要开了。那时和我一起去美国的留学生共有七十人，分别进入各大学。在船上我就想，开矿没兴趣，造铁路也不感兴趣，于是只好采取调和折衷的办法，要学有用之学，当时康奈尔大学有全美国最好的农学院，于是就决定去学科学的农学，也许对国家社会有点贡献吧！那时进康大的原因有二：一是康大有当时最好的农学院，且不收学费，而每个月又可获得八十元的津贴；我刚才说过，我家破了产，母亲待养，那时我还没结婚，一切从俭，所以可将部分的钱拿回养家。另一是我国有百分之八十的人是农民，将来学会了科学的农业，也许可以有益于国家。

入校后头一星期就突然接到农场实习部的信，叫我去报到。那时教授便问我："你有什么农场经验？"我答："没有。""难道一点都没有吗？""要有嘛，我的外公和外婆，都是道地的农夫。"教授说："这与你不相干。"我又说："就是因为没有，才要来学呀！"后来他又问："你洗过马没有？"我说："没有。"我就告诉他中国人种田是不用马的。于是老师就先教我洗马，他洗一面，我洗另一面。他又问我会套车吗，我说也不会。于是他又教我套车，老师套一边，我套一边，套好跳上去，兜一圈子。接着就到农场做选种的实习工作，手起了泡，但仍继续地忍耐下去。"农复会"的沈宗瀚先生写一本《克难苦学记》，要我和他作一篇序，我也就替他作一篇很长的序。我们那时学农的人很多，但只有沈宗瀚先生赤过脚下过田，是唯一确实有农场经验的人。学了一年，成绩还不错，功课都在八十五分以上。第二年我就可以多选两个学分，于是我选种果学，即种苹果学。分上午讲课与下午实习。上课倒没有什么，还甚感兴趣；下午实验，走入实习室，桌上有各色各样的苹果三十个，颜色有红的、有黄的、有青的……形状有圆的、有长的、有椭圆的、有四方的……要照着一本手册上的标准，去定每一苹果的学名，蒂有多长？花是什么颜色？肉是甜是酸？是软是硬？弄了两个小时。弄了半个小时一个都弄不了，满头大汗，真是冬天出大汗。抬头一看，呀！不对头，那些美国同学都做完跑光了，把苹果拿回去吃了。他们不需剖开，因为他们比较熟习，查查册子后面的普通名词就可以定学名，在他们是很简单。我只弄了一半，一半又是错的。回去就自己问自己学这个有什么用？
要是靠当时的活力与记性，用上一个晚上来强记，四百多个
名字都可以记下来应付考试。但试想有什么用呢？那些苹果
在我国烟台也没有，青岛也没有，安徽也没有……我认为科
学的农学无用了，于是决定改行。那时正是民国元年，国内
正是革命的时候，也许学别的东西更有好处。

那么，转系要以什么为标准呢？依自己的兴趣呢？还是
看社会的需要？我年轻时候留学日记有一首诗，现在我也背
不出来了。我选课用什么做标准？听哥哥的话？看国家的需
要？还是凭自己？只有两个标准：一个是"我"；一个是"社
会"，看看社会需要什么？国家需要什么？中国现代需要什
么？但这个标准——社会上三百六十行，行行都需要，现在
可以说三千六百行，从诺贝尔得奖人到修理马桶的，社会都
需要，所以社会的并不重要。因此，在定主意的时候，便要
依着自我的兴趣了——即性之所近，力之所能。我的兴趣在
什么地方？与我性质相近的是什么？问我能做什么？对什么
感兴趣？我便照着这个标准转到文学院了。但又有一个困
难，文科要缴费，而从康大中途退出，要赔出以前二年的学
费，我也顾不得这些。经过四位朋友的帮忙，由八十元减到
三十五元，终于达成愿望。在文学院以哲学为主，英国文学、
经济、政治学之门为副。后又以哲学为主，经济理论、英国
文学为副科。到哥伦比亚大学后，仍以哲学为主，以政治理论、

英国文学为副。我现在六十八岁了，人家问我学什么？我自己也不知道学些什么。我对文学也感兴趣，白话文方面也曾经有过一点小贡献。在北大，我曾做过哲学系主任、外国文学系主任、英国文学系主任，中国文学系也做过四年的系主任，在北大文学院六个学系中，五系全做过主任。现在我自己也不知道学些什么，我刚才讲过现在的青年太倾向于现实了，不凭性之所近，力之所能去选课。譬如一位有作诗天才的人，不进中文系学作诗，而偏要去医学院学外科，那么文学院便失去了一个一流的诗人，而国内却添了一个三四流甚至五流的饭桶外科医生，这是国家的损失，也是你们自己的损失。

在一个头等、第一流的大学，当初日本筹划帝大的时候，真的计划远大，规模宏伟，单就医学院就比当初日本总督府还要大。科学的书籍都是从第一号编起，基础良好。我们接收已有十余年了，总算没有辜负当初的计划。今日台大可说是岛内唯一最完善的大学，各位不要有成见，带着近视眼镜来看自己的前途，看自己的将来。听说入学考试时有七十二个志愿可填，这样七十二变，变到最后不知变成了什么，当初所填的志愿，不要当做最后的决定，只当做暂时的方向。要在大学一、二年级的时候，东摸摸西摸摸的瞎摸。不要有短见，十八九岁的青年仍没有能力决定自己的前途、职业。进大学后第一年到处去摸、去看，探险去，不知道的我偏要去学。如在中学时候的数学不好，现在我偏要去学，中学时不感兴趣，也许是老师不好。现在去听听最好的教授的讲课，也许会提起你的兴趣。好的先生会指导你走上一个好的方向，第一二年甚至于第三年还来得及，只要依着自己"性之所近，力之所能"的做去，这是清代大儒章学诚的话。

现在我再说一个故事，不是我自己的，而是近代科学的开山大师——伽利略（Galileo），他是意大利人，父亲是一个有名的数学家，他的父亲叫他不要学他这一行，学这一行是没饭吃的，要他学医。他奉命而去。当时意大利正是文艺复兴的时候，他到大学以后曾被教授和同学捧誉为"天才的画家"，他也很得意。父亲要他学医，他却发现了美术的天才。他读书的佛劳伦斯地方是一工业区，当地的工业界首领希望在这大学多造就些科学的人才，鼓励学生研究几何，于是在这大学里特为官儿们开设了几何学一科，聘请一位叫 Ricci 氏当教授。有一天，他打从那个地方过，偶然地定脚在听讲，有的官儿们在打瞌睡，而这位年轻的伽利略却非常感兴趣。于是不断地一直继续下去，趣味横生，便改学数学，由于浓厚的兴趣与天才，就决心去东摸摸西摸摸，摸出一条兴趣之路，创造了新的天文学、新的物理学，终于成为一位近代科学的开山大师。

大学生选择学科就是选择职业。我现在六十八岁了，我也不知道所学的是什么。希望各位不要学我这样老不成器的人。勿以七十二志愿中所填的一愿就定了终身，远没有的，就是大学二、三年也还没定。各位在此完备的大学里，目前更有这么多好的教授人才来指导，趁此机会加以利用。社会上需要什么，不要管它，家里的爸爸、妈妈、哥哥、朋友等，要你做律师、做医生，你也不要管他们，不要听他们的话，只要跟着自己的兴趣走。想起当初我哥哥要我学开矿、造铁路，我也没听他的话，自己变来变去变成一个老不成器的人。后来我哥哥也没说什么。只管我自己，别人不要管他。依着"性之所近，力之所能"学下去，其未来对国家的贡献也许比现在盲目所选的或被动选择的学科会大得多，将来前途也是无可限量的。下课了！下课了！谢谢各位。

1958 年 6 月于台湾大学法学院

假若我再上一次大学 [①] / 季羡林

> 德国有一个词儿是别的国家没有的，这就是"永恒的大
> 学生"。德国大学没有空洞的"毕业"这个概念。只有
> 博士论文写成，口试通过，拿到博士学位，这才算是毕
> 了业。

"假若我再上一次大学"，多少年来我曾反复思考过这个问题。我曾一度得到两个截然相反的答案：一个是最好不要再上大学，"知识越多越反动"，我实在心有余悸。一个是仍然要上，而且偏偏还要学现在学的这一套。后一个想法最终占了上风，一直到现在。

我为什么还要上大学而又偏偏要学现在这一套呢？没有

---

① 选自《忆往述怀》，季羡林著，陕西师范大学出版社，2008 年版。

什么堂皇的理由。我只不过觉得，我走过的这一条道路，对己，对人，都还有点好处而已。我搞的这一套东西，对普通人来说，简直像天书，似乎无利于国计民生。然而世界上所有的科技先进国家，都有梵文、巴利文以及佛教经典的研究，而且取得了辉煌的成绩。这一套冷僻的东西与先进的科学技术之间，真似乎有某种联系。其中消息耐人寻味。

我们不是提出了弘扬祖国优秀文化，发扬爱国主义吗？这一套天书确实能同这两句口号挂上钩，我举一个具体的例子。日本梵文研究的泰斗中村元博士在给我的散文集日译本《中国知识人の精神史》写的序中说到，中国的南亚研究原来是相当落后的。可是近几年来，突然出现了一批中年专家，写出了一些水平较高的作品，让日本学者有"攻其不备"之感。这是几句非常有意思的话。实际上，中国梵学学者同日本同行们的关系是十分友好的。我们一没有"攻"，二没有争，只有坐在冷板凳上辛苦耕耘。有了一点成绩，日本学者看在眼里，想在心里，觉得过去对中国南亚研究的评价过时了。我觉得，这里面既包含着"弘扬"，也包含着"发扬"。怎么能说，我们这一套无补于国计民生呢？

话说远了，还是回来谈我们的本题。

我的大学生活是比较长的：在中国念了四年，在德国哥廷根大学又念了五年，才获得学位。我在上面所说的"这一套"就是在国外学到的。我在国内时，对"这一套"就有兴趣。但苦无机会。到了哥廷根大学，终于找到了机会，我简直如鱼得水，到现在已经坚持学习了将近六十年。如果马克思不急于召唤我，我还要坚持学下去的。

如果想让我谈一谈在上大学期间我收获最大的是什么，那是并不困难的。在德国学习期间有两件事情是我毕生难忘的，这两件事都与我的博士论文有关联。

我想有必要在这里先谈一谈德国的与博士论文有关的制度。当我在德国学习的时候，德国并没有规定学习的年限。只要你有钱，你可以无限期地学习下去。德国有一个词儿是别的国家没有的，这就是"永恒的大学生"。德国大学没有空洞的"毕业"这个概念。只有博士论文写成，口试通过，拿到博士学位，这才算是毕了业。

写博士论文也有一个形式上简单而实则极严格的过程，一切决定于教授。在德国大学里，学术问题是教授说了算。德国大学没有入学考试，只要高中毕业，就可以进入任何大学。德国学生往往是先入几个大学，过了一段时间以后，自己认为某个大学、某个教授，对自己最适合，于是才安定下来，在一个大学，从某一位教授学习。先听教授的课，后参加他的研讨班。最后教授认为你"孺子可教"才会给你一个博士论文题目。再经过几年的努力，收集资料，写出论文提纲，经过教授过目。论文写成的年限没有规定，至少也要三四年，长则漫无限制。拿到题目十年八年写不出论文，也不是稀见的事。所有这一切都决定于教授，院长、校长无权过问。写论文，他们强调一个"新"字，没有新见解，就不必写文章。见解不论大小，唯新是图。论文题目不怕小，就怕不新。我个人觉得，这是非常重要的一点。只有这样，学术才能"日日新"，才能有进步。否则满篇陈言，东抄西抄，饾饤拼凑，尽是冷饭。虽洋洋数十甚至数百万言，除了浪费纸张、浪费读者的精力以外，还能有什么效益呢？

我拿到博士论文题目的过程，基本上也是这样。我拿到了一个有关佛教混合梵语的题目。用了三年的时间，搜集资料，写成卡片，又到处搜寻有关图书，翻阅书籍和杂志，大约看了总有一百多种书刊。然后整理资料，使之条理化、系统化，写出提纲，最后写成文章。

我个人心里琢磨：怎样才能向教授露一手儿呢？我觉得那几千张卡片虽然抄写得好像蜜蜂采蜜，极为辛苦；然而却是干巴巴的，没有什么文采，或者无法表现文采。于是我想在论文一开始就写上一篇"导言"，这既能炫学，又能表现文采。真是一举两得的绝妙主意。我照此办理。费了很长的时间，写成一篇相当长的"导言"。我自我感觉良好，心里美滋滋的。认为教授一定会大为欣赏，说不定还会夸上几句哩。我先把"导言"送给教授看，回家做着美妙的梦。我等呀，等呀，终于等到教授要见我，我怀着走上领奖台的心情，见到了教授。然而却使我大吃一惊。教授在我的"导言"前画上了一个前括号，在最后画上了一个后括号，笑着对我说："这篇导言统统不要！你这里面全是华而不实的空话，一点新东西也没有！别人要攻击你，到处都是暴露点，一点防御也没有！"对我来说，这真如晴天霹雳，打得我一时说不上话来。但是，经过自己的反思，我深深地感觉到，教授这一棍打得好，我毕生受用不尽。

第二件事情是，论文完成以后，口试接着通过，学位拿到了手。论文需要从头到尾认真核对，不但要核对从卡片上抄入论文的篇、章、字、句，而且要核对所有引用过的书籍、报刊和杂志。要知道，在三年以内，我从大学图书馆，甚至从柏林的普鲁士图书馆，借过大量的书籍和报刊，耗费了大量的时间。当时就感到十分烦腻。现在再在短期内，把这样多的书籍重新借上一遍，心里要多腻味就多腻味。然而老师的教导不能不遵行，只有硬着头皮，耐住性子，一本一本地借，一本一本地查。把论文中引用的大量出处重新核对一遍，不让它发生任何一点错误。

后来我发现，德国学者写好一本书或者一篇文章，在读校样的时候，都是用这种办法来一一仔细核对。一个研究室里的人，往往都参加看校样的工作。每人一份校样，也可以协议分工。他们是以集体的力量，来保证不出错误。这个法子看起来极笨，然而除此以外，还能有"聪明的"办法吗？德国书中的错误之少，是举世闻名的。有的极为复杂的书竟能一个错误都没有，连标点符号都包括在里面。读过校样的人都知道，能做到这一步，是非常非常不容易的。德国人为什么能做到呢？他们并非都是超人的天才，他们比别人高出一头的诀窍就在于他们的"笨"。我想改几句中国古书上的话："德国人其智可及也，其笨（愚）不可及也。"

　　反观我们中国的学术界，情况则颇有不同。在这里有几种情况。中国学者博闻强记，世所艳称。背诵的本领更令人吃惊。过去有人能背诵四书五经，据说还能倒背。写文章时，用不着去查书，顺手写出，即成文章。但是记忆力会时不时出点问题的。中国近代一些大学者的著作，若加以细致核对，也往往有引书出错的情况。这是出上乘的错。等而下之，作者往往图省事，抄别人的文章时，也不去核对，于是写出的文章经不起核对。这是责任心不强，学术良心不够的表现。还有更坏的就是胡抄一气。只要书籍文章能够印出，哪管它什么读者！名利到手，一切不顾。我国的书评工作又远远跟不上。即使发现了问题，也往往"为贤者讳"怕得罪人，一声不吭。在我们当前的学术界，这种情况能说是稀少吗？我希望我们的学术界能痛改这种极端恶劣的作风。

我上了九年大学，在德国学习时，我自己认为收获最大的就是以上两点。也许有人会认为这卑之无甚高论。我不去争辩。我现在年届耄耋，如果年轻的学人不弃老朽，问我有什么话要对他们讲，我就讲这两点。

1991 年 5 月 5 日写于北京大学

谈考试 [1] / 梁实秋

> 其实考试只是一种测验的性质，和量身高体重的意思差不多，事前无需恐惧，临事更无需张皇。考的时候，把你知道的写出来，不知道的只好阙疑，如是而已。

　　少年读书而要考试，中年做事而要谋生，老年悠闲而要衰病，这都是人生苦事。考试已经是苦事，而大都是在炎热的夏天举行，苦上加苦。我清晨起身，常见三面邻家都开着灯弦歌不辍；我出门散步，河畔田埂上也常见有三三两两的孩子们手不释卷。这都是一些好学之士么？也不尽然。我想其中有很大一部分是在临阵磨枪。尝闻有"读书乐"之说，而在考试之前把若干

---

① 　选自《梁实秋散文集》，中国社会出版社，2004 年版。

知识填进脑壳的那一段苦修，怕没有什么乐趣可言。

其实考试只是一种测验的性质，和量身高体重的意思差不多，事前无需恐惧，临事更无需张皇。考的时候，把你知道的写出来，不知道的只好阙疑，如是而已。但是考试的后果太大了。万一名在孙山之外，那一份落第的滋味好生难受，其中有惭恧，有怨恨，有沮丧，有悔恨，见了人羞答答，而偏有人当面谈论这回事。这时节，人的笑脸都好像是含着讥讽，枝头鸟啭都好像是在嘲弄，很少人能不顿觉人生乏味。其后果犹不止于此，这可能是生活上一大关键，眼看着别人春风得意，自己从此走向下坡。考试的后果太重大，所以大家都把考试看得很认真。其实考试的成绩，老早的就由自己平时读书时所决定了。

人苦于不自知。有些人根本无需去受考试的煎熬，但存一种侥幸心理，希望时来运转，一试得售。上焉者临阵磨枪，苦苦准备，中焉者揣摩试题，从中取巧，下焉者关节舞弊，浑水捞鱼。用心良苦，而希望不大。现代考试方法，相当公正，甚少侥幸可能。虽然也常闻有护航顶替之类的情形，究竟是少数的例外。如果自知仅有三五十斤的体重，根本就不必去攀到千斤大秤的钩子上去吊。贸贸然去应试，只是凑热闹，劳民伤财，为别人作垫脚石而已。

对于身受考试之苦的人，我是很同情的。考试的项目多，时间久，一关一关地闯下来，身上的红血球不知要死去多少千万。从前科举考场里，听说还有人在夜里高喊："有恩的报恩，有怨的报怨！"那一股阴森恐怖的气氛是够怕人的。真有当场昏厥、疯狂、自杀的！现代的考场光明多了，不再是鬼影憧憧，可是考场如战场，还是够紧张的。我有一位同学，最怕考数学，一看题目纸，立即脸上变色，浑身寒战，草草考完之后便伛偻着身子回到寝室去换裤子！其神经系统所受的打击是可以想象的！

受苦难的不只是考生。主持考试的人也是在受考验。先说命题，出题目来难人，好像是最轻松不过，但亦不然。千目所视，千手所指，是不能掉以轻心的。我记得我的表弟在二十八年前投考一个北平的著名的医学院，国文题目是：《卞壶不苟时好论》（注释一下吧，"卞壶"读作"变捆"，人名），全体交了白卷。考医学院的学生，谁又读过《晋书》呢？甚至可能还把"卞壶"读作"便壶"了呢。出这题目的是谁，我不知道，他此后是否仍然心安理得地继续活下去，我亦不知道。大概出题目不能太僻，亦不能太泛。假使考留学生，作文题目是《我出国留学的计划》，固然人人都可以诌出一篇来，但很可能有人早预备好一篇成稿，这样便很难评分而不失公道。出题目而要恰如分际，不刁钻，不炫弄，不空泛，不含糊，实在很难。在考生挥汗应考之前，命题的先生早已汗流浃背好几次了。

再说阅卷，那也可以说是一种灾难。真的，曾有人于接连十二天阅卷之后，吐血而亡，这实在应该比照阵亡例议恤。阅卷百苦，尚有一乐，荒谬而可笑的试卷常常可以使人绝倒，四座传观，粲然皆笑，精神为之一振。我们不能不叹服，考生中真有富于想象力的奇才。最令人不愉快的卷子是字迹潦草的那一类，喻为涂鸦，还嫌太雅，简直是墨盒里的蜘蛛满纸爬！有人在宽宽的格子中写蝇头小字，也有人写一行字要占两行，有人全页涂抹，也有人曳白。像这种不规则的试卷，在饭前阅览，犹不过令人蹙眉，在饭后阅览，则不免令人恶心。

有人颇艳羡美国大学之不用入学考试。那种免试升学的办法是否适合我们的国情，是一个问题。据说考试是我们的国粹，我们中国人好像自古以来就是"考省不倦"的。考试而至于科举可谓登峰造极，三榜出身乃是唯一的正规的出路。至于今，考试仍为五权之一。考试在我们的生活当说已形成为不可少的一部分。

英国的卡赖尔在他的《英雄与英雄崇拜》里曾特别指出，中国的考试制度，作为选拔人才的方法，实在太高明了。所谓政治学，其要义之一即是如何把优秀的分子选拔出来放在社会的上层。中国的考试方法，由他看来，是最聪明的方法。照例，外国人说我们的好话，听来特别顺耳，不妨引来自我陶醉一下。平心而论，考试就和选举一样，属于"必需的罪恶"一类，在想不出更好的办法之前，考试还是不可废的。我们现在所能做的，是如何改善考试的方法，要求其简化，要求其合理，不要令大家把考试看作为戕贼身心的酷刑！

听，考场上战鼓又响了，由远而近！

谈读书 [1] /朱光潜

> 读书是要清算过去人类成就的总账，把几千年的人类思想经验在短促的几十年内重温一遍，把过去无数亿万人辛苦获来的知识教训集中到读者一个人身上去受用。有了这种准备，一个人总能在学问途程上作万里长征，去发见新的世界。

十几年前我曾经写过一篇短文谈读书，这问题实在是谈不尽，而且这些年来我的见解也有些变迁，现在再就这问题谈一回，趁便把上次谈学问有未尽的话略加补充。

学问不只是读书，而读书究竟是学问的一个重要途径。因为学问不仅是个人的事而是全人类的事，每科学问到了现

---

[1] 选自《朱光潜全集》，安徽教育出版社，1988 年版。

在的阶段，是全人类分途努力日积月累所得到的成就，而这成就还没有淹没，就全靠有书籍记载流传下来。书籍是过去人类的精神遗产的宝库，也可以说是人类文化学术前进轨迹上的记程碑。我们就现阶段的文化学术求前进，必定根据过去人类已得的成就做出发点。如果抹煞过去人类已得的成就，我们说不定要把出发点移回到几百年前甚至几千年前，纵然能前进，也还是开倒车落伍。读书是要清算过去人类成就的总账，把几千年的人类思想经验在短促的几十年内重温一遍，把过去无数亿万人辛苦获来的知识教训集中到读者一个人身上去受用。有了这种准备，一个人总能在学问途程上作万里长征，去发见新的世界。

历史愈前进，人类的精神遗产愈丰富，书籍愈浩繁，而读书也就愈不易。书籍固然可贵，却也是一种累赘，可以变成研究学问的障碍。它至少有两大流弊。第一，书多易使读者不专精。我国古代学者因书籍难得，皓首穷年才能治一经，书虽读得少，读一部却就是一部，口诵心惟，咀嚼得烂熟，透入身心，变成一种精神的原动力，一生受用不尽。现在书籍易得，一个青年学者就可夸口曾过目万卷，"过目"的虽多，"留心"的却少，譬如饮食，不消化的东西积得愈多，愈易酿成肠胃病，许多浮浅虚骄的习气都由耳食肤受所养成。其次，书多易使读者迷方向。任何一种学问的书籍现在都可装满一图书馆，其中真正绝对不可不读的基本著作往往不过数十部甚至于数部。许多初学者贪多而不务得，在无足轻重的书籍上浪费时间与精力，就不免把基本要籍耽搁了；比如学哲学者尽管看过无数种的哲学史和哲学概论，却没有看过一种柏拉图的《对话集》，学经济学者尽管读过无数种的教科书，却没有看过亚当·斯密的《原富》①。做学问如作战，须攻坚挫锐，占住要塞。目标太多了，掩埋了坚锐所在，只东打一拳，西踏一脚，就成了"消耗战"。

读书并不在多，最重要的是选得精，读得彻底。与其读十部无关轻重的书，不如以读十部书的时间和精力去读一部真正值得读的书；与其十部书都只能泛览一遍，不如取一部书精读十遍。"好书不厌百回读，熟读深思子自知"，这两句诗值得每个读书人悬为座右铭。读书原为自己受用，多读不能算是荣誉，少读也不能算是羞耻。少读如果彻底，必能养成深思熟虑的习惯，涵泳优游，以至于变化气质；多读而不求甚解，则如驰骋十里洋场，虽珍奇满目，徒惹得心花意乱，空手而归。世间许多人读书只为装点门面，如暴发户炫耀家私，以多为贵。这在治学方面是自欺欺人，在做人方面是趣味低劣。

读的书当分种类，一种是为获得现世界公民所必需的常识，一种是为做专门学问。为获常识起见，目前一般中学和大学初

---

① 　《原富》是中国翻译家严复对苏格兰经济学家、哲学家亚当·斯密所著的 *The Wealth of Nations* 翻译的第一个译本起的书名。用现代汉语翻译应为《国民财富——对国民财富产生的原因和性质的研究》。其他常见译名有《国富论》。

年级的课程，如果认真学习，也就很够用。所谓认真学习，熟读讲义课本并不济事，每科必须精选要籍三五种来仔细玩索一番。常识课程总共不过十数种，每种选读要籍三五种，总计应读的书也不过五十部左右。这不能算是过奢的要求。一般读书人所读过的书大半不止此数，他们不能得实益，是因为他们没有选择，而阅读时又只潦草滑过。

常识不但是现世界公民所必需，就是专门学者也不能缺少它。近代科学分野严密，治一科学问者多固步自封，以专门为借口，对其他相关学问毫不过问。这对于分工研究或许是必要，而对于淹通深造却是牺牲。宇宙本为有机体，其中事理彼此息息相关，牵其一即动其余，所以研究事理的种种学问在表面上虽可分别，在实际上却不能割开。世间绝没有一科孤立绝缘的学问。比如政治学须牵涉到历史、经济、法律、哲学、心理学以至于外交、军事等等，如果一个人对于这些相关学问未曾问津，入手就要专门习政治学，愈前进必愈感困难，如老鼠钻牛角，愈钻愈窄，寻不着出路。其他学问也大抵如此，不能通就不能专，不能博就不能约。先博学而后守约，这是治任何学问所必守的程序。我们只看学术史，凡是在某一科学问上有大成就的人，都必定于许多它科学问有深广的基础。目前我国一般青年学子动辄喜言专门，以至于许多专门学者对于极基本的学科毫无常识，这种风气也许是在国外大学做博士论文的先生们所酿成的。它影响到我们的大学课程，许多学系所设的科目"专"到不近情理，在外国大学研究院里也不一定有。这好像逼吃奶的小孩去嚼肉骨，岂不是误人子弟？

有些人读书，全凭自己的兴趣。今天遇到一部有趣的书就把预拟做的事丢开，用全副精力去读它；明天遇到另一部有趣的书，仍是如此办，虽然这两书在性质上毫不相关。一年之中可以时而习天文，时而研究蜜蜂，时而读莎士比亚。在旁人认为重要而自己不感兴味的书都一概置之不理。这种读法有如打游击，亦如蜜蜂采蜜。它的好处在使读书成为乐事，对于一时兴到的著作可以深入，久而久之，可以养成一种不平凡的思路与胸襟。它的坏处在使读者泛滥而无所归宿，缺乏专门研究所必需的"经院式"的系统训练，产生畸形的发展，对于某一方面知识过于重视，对于另一方面知识可以很蒙昧。我的朋友中有专门读冷僻书籍，对于正经正史从未过问的，他在文学上虽有造就，但不能算是专门学者。如果一个人有时间与精力允许他过享乐主义的生活，不把读书当做工作而只当做消遣，这种蜜蜂采蜜式的读书法原亦未尝不可采用。但是一个人如果抱有成就一种学问的志愿，他就不能不有预定计划与系统。对于他，读书不仅是追求兴趣，尤其是一种训练，一种准备。有些有趣的书他须得牺牲，也有些初看很干燥的书他必须咬定牙关去硬啃，啃久了他自然还可以啃出滋味来。

读书必须有一个中心去维持兴趣，或是科目，或是问题。

以科目为中心时，就要精选那一科要籍，一部一部的从头读到尾，以求对于该科得到一个概括的了解，作进一步作高深研究的准备。读文学作品以作家为中心，读史学作品以时代为中心，也属于这一类。以问题为中心时，心中先须有一个待研究的问题，然后采关于这问题的书籍去读，用意在搜集材料和诸家对于这问题的意见，以供自己权衡去取，推求结论。重要的书仍须全看，其余的这里看一章，那里看一节，得到所要搜集的材料就可以丢手。这是一般做研究工作者所常用的方法，对于初学不相宜。不过初学者以科目为中心时，仍可约略采取以问题为中心的微意。一书作几遍看，每一遍只着重某一方面。苏东坡《与王郎书》曾谈到这个方法：少年为学者，每一书皆作数次读之。当如入海百货皆有，人之精力不能并收尽取，但得其所欲求者耳。故愿学者每一次作一意求之，如欲求古今兴亡治乱圣贤作用，且只作此意求之，勿生余念；又别作一次求事迹文物之类，亦如之。他皆仿此。若学成，八面受敌，与慕涉猎者不可同日而语。朱子尝劝他的门人采用这个方法。它是精读的一个要诀，可以养成仔细分析的习惯。举看小说为例，第一次但求故事结构，第二次但注意人物描写，第三次但求人物与故事的穿插，以至于对话、辞藻、社会背景、人生态度等等都可如此逐次研求。

读书要有中心，有中心才易有系统组织。比如看史书，假定注意的中心是教育与政治的关系，则全书中所有关于这问题的史实都被这中心联系起来，自成一个系统。以后读其他书籍如经子专集之类，自然也常遇着关于政教关系的事实与理论，它们也自然归到从前看史书时所形成的那个系统了。

一个人心里可以同时有许多系统中心，如一部字典有许多"部首"，每得一条新知识，就会依物以类聚的原则，汇归到它的性质相近的系统里去，就如拈新字贴进字典里去，是人旁的字都归到人部，是水旁的字都归到水部。大凡零星片断的知识，不但易忘，而且无用。每次所得的新知识必须与旧有的知识联络贯串，这就是说，必须围绕一个中心归聚到一个系统里去，才会生根，才会开花结果。

记忆力有它的限度，要把读过的书所形成的知识系统，原本枝叶都放在脑里储藏起，在事实上往往不可能。如果不能储藏，过目即忘，则读亦等于不读。我们必须于脑以外另辟储藏室，把脑所储藏不尽的都移到那里去。这种储藏室在从前是笔记，在现代是卡片。记笔记和做卡片有如植物学家采集标本，须分门别类订成目录，采得一件就归入某一门某一类，时间过久了，采集的东西虽极多，却各有班位，条理井然。这是一个极合乎科学的办法，它不但可以节省脑力，储有用的材料，供将来的需要，还可以增强思想的条理化与系统化。预备做研究工作的人对于记笔记做卡片的训练，宜于早下工夫。

北大的支路 [①]／周作人

> 我重复地说，北大该走他自己的路，去做人家所不做的
> 而不做人家所做的事。北大的学风宁可迂阔一点，不要
> 太漂亮，太聪明。

我是民国六年四月到北大来的，如今已是前后十四年了。本月十六日是北大三二周年纪念，承同学们不弃叫我写文章，我回想过去十三年的事情，对于今后的北大不禁有几句话想说，虽然这原是老生常谈，自然都是陈旧的话。

有人说北大的光荣，也有人说北大并没有什么光荣，这些暂且不管，总之我觉得北大是有独特的价值的。这是什么呢，我一时也说不很清楚，只可以说他走着他自己的路，他不做人

---

① 选自《苦竹杂记》，周作人著，岳麓书社，1987 年版。

家所做的而做人家所不做的事。我觉得这是北大之所以为北大的地方，这假如不能说是他唯一的正路，我也可以让步说是重要的一条支路。

蔡孑民先生曾说，"读书不忘救国，救国不忘读书"，那么读书总也是一半的事情吧？北大对于救国事业做到怎样，这个我们且不谈，但只就读书来讲，他的趋向总可以说是不错的。北大的学风仿佛有点迂阔似的，有些明其道不计其功的气概，肯冒点险却并不想获益，这在从前的文学革命五四运动上面都可看出，而民六以来计划沟通文理，注重学理的研究，开辟学术的领土，尤其表示得明白。别方面的事我不大清楚，只就文科一方面来说，北大的添设德法俄日各文学系，创办研究所，实在是很有意义，值得注意的事。有好些事情随后看来并不觉得什么稀奇，但在发起的当时却很不容易，很需要些明智与勇敢，例如十多年前在大家只知道尊重英文的时代加添德法文，只承认诗赋策论是国文学的时代讲授词曲，——我还记得有上海的大报曾经痛骂过北大，因为是讲元曲的缘故，可是后来各大学都有这一课了，骂的人也就不再骂，大约是渐渐看惯了吧。最近在好些停顿之后朝鲜蒙古满洲语都开了班，这在我也觉得是一件重大事件，中国的学术界很有点儿广田自荒的现象，尤其是东洋历史语言一方面荒得可以，北大的职务在去种熟田之外还得在荒地上来下一锄，来不问收获但问耕耘的干一下，这在北大旧有的计划上是适合的，在现时的情形上更是必要，我希望北大的这种精神能够继续发挥下去。

我平常觉得中国的学人对于几方面的文化应该相当地注意，自然更应该有人去特别地研究。这是希腊，印度，亚剌伯与日本。近年来大家喜欢谈什么东方文化与西方文化，我不知两者是不是根本上有这么些差异，也不知道西方文化是不是用简单的三两句话就包括得下的，但我总以为只根据英美一两国现状而立论的未免有点笼统，普通称为文明之源的希腊我想似乎不能不予以一瞥，况且他的文学哲学自有独特的价值，据臆见说来他的思想更有与中国很相接近的地方，总是值得萤雪十载去钻研他的，我可以担保。印度因佛教的缘故与中国关系密切，不待烦言，亚剌伯的文艺学术自有成就，古来即和中国接触，又因国民内有一部分回族的关系，他的文化已经不能算是外国的东西，更不容把他闲却了。日本有小希腊之称，他的特色确有些与希腊相似，其与中国文化上之关系更仿佛罗马，很能把先进国的文化拿去保存或同化而光大之，所以中国治"国学"的人可以去从日本得到不少的资料与参考。从文学史上来看，日本从奈良到德川时代这千二百余年受的是中国影响，处处可以看出痕迹，明治维新以后，与中国近来的新文学相同，受了西洋的影响比较起来步骤几乎一致，不过日本这回成为先进，中国老是追着，有时还有意无意地模拟贩卖，这都给予我们很好的对照与反省。

以上这些说明当然说得不很得要领，我只表明我的一种私见与奢望，觉得这些方面值得注意，希望中国学术界慢慢地来着手，这自然是大学研究院的职务，现在在北大言北大，我就不能不把这希望放在北大——国立北京大学及研究院——的身上了。

我重复地说，北大该走他自己的路，去做人家所不做的而不做人家所做的事。北大的学风宁可迂阔一点，不要太漂亮，太聪明。过去一二年来北平教育界的事情真是多得很，多得很，我有点不好列举，总之是政客式的反覆的打倒拥护之类，侥幸北大还没有做，将来自然也希望没有，不过这只是消极的一面，此外还有积极的工作，要奋勇前去开辟荒地，着手于独特的研究，这个以前北大做了一点点了，以后仍须继续努力。我并不怀抱着什么北大优越主义，我只觉得北大有他自己的精神应该保持，不当去模仿别人，学别的大学的样子罢了。

"读书不忘救国，救国不忘读书"，那么救国也是一半的事情吧。这两个一半不知道究竟是哪一个是主，或者革命是重要一点亦未可知？我姑且假定，救国，革命是北大的干路吧，读书就算作支路也未始不可以，所以便加上题目叫作《北大的支路》云。

民国十九年十二月十一日于北平

作者简介

　　周作人（1885—1967）浙江绍兴人。中国现代著名散文家、文学理论家、评论家、诗人、翻译家，中国民俗学开拓人，新文化运动的杰出代表。作品有散文集《自己的园地》《雨天的书》《泽泻集》《谈龙集》《谈虎集》《永日集》《看云集》《夜读抄》《苦茶随笔》《风雨谈》《瓜豆集》《秉烛谈》《苦口甘口》《过去的工作》《知堂文集》，诗集《过去的生命》，小说集《孤儿记》，论文集《艺术与生活》《中国新文学的源流》，论著《欧洲文学史》，文学史料集《鲁迅的故乡》《鲁迅小说里的人物》《鲁迅的青年时代》，回忆录《知堂回想录》，译有《日本狂言逊》《伊索寓言》《欧里庇得斯悲剧集》等。

灯下读书论 [①] / 周作人

> 我始终相信二十四史是一部好书，他很诚恳地告诉我们过去曾如此，现在是如此，将来要如此。历史所告诉我们的在表面的确只是过去，但现在与将来也就在这里面了。

以前所做的打油诗里边，有这样的两首是说读书的，今并录于后。其辞曰：

饮酒损神茶损气，读书应是最相宜，

圣贤已死言空在，手把遗编未忍披。

未必花钱逾黑饭，依然有味是青灯，

偶逢一册长恩阁，把卷沉吟过二更。

---

① 选自《苦口甘口》，周作人著，河北教育出版社，2002 年版。

这是打油诗，本来严格的计较不得。我曾说以看书代吸纸烟，那原是事实，至于茶与酒也还是使用，并未真正戒除。书价现在已经很贵，但比起土膏来当然还便宜得不少。

这里稍有问题的，只是青灯之味到底是怎么样。古人诗云，青灯有味似儿时。出典是在这里了，但青灯究竟是怎么一回事呢？同类的字句有红灯，不过那是说红纱灯之流，是用红东西糊的灯，点起火来整个是红色的，青灯则并不如此，普通的说法总是指那灯火的光。苏东坡曾云，纸窗竹屋，灯火青荧，时于此间，得少佳趣。这样情景实在是很有意思的，大抵这灯当是读书灯，用清油注瓦盏中令满，灯芯作炷，点之光甚清寒，有青荧之意，宜于读书，消遣世虑，其次是说鬼，鬼来则灯光绿，亦甚相近也。若蜡烛的火便不相宜，又灯火亦不宜有蔽障，光须裸露，相传东坡夜读佛书，灯花落书上烧却一僧字，可知古来本亦如是也。至于用的是什么油，大概也很有关系，平常多用香油即菜子油，如用别的植物油则光色亦当有殊异，不过这些迁论现在也可以不必多谈了。总之这青灯的趣味在我们曾在菜油灯下看过书的人是颇能了解的，现今改用了电灯，自然便利得多了，可是这味道却全不相同，虽然也可以装上青蓝的磁罩，使灯光变成青色，结果总不是一样，所以青灯这字面在现代的词章里，无论是真诗或是谐诗，都要打个折扣，减去几分颜色，这是无可如何的事，好在我这里只是要说明灯右观书的趣味，那些小问题都没有什么关系，无妨暂且按下不表。

圣贤的遗编自然以孔孟的书为代表，在这上边或者可以加上老庄吧。长恩阁是大兴傅节子的书斋名，他的藏书散出，我也收得了几本，这原是很平常的事，不值得怎么吹嘘，不过这里有一点特别理由，我有的一种是两小册抄本，题曰《明季杂志》。傅氏很留心明末史事，看《华延年室题跋》两卷中所记，多是这一类书，可以知道，今此册只是随手抄录，并未成书，没有多大价值，但是我看了颇有所感。明季的事去今已三百年，并鸦片洪杨义和团诸事变观之，我辈即使不是能惧思之人，亦自不免沉吟，初虽把卷终亦掩卷，所谓过二更者乃是诗文装点语耳。那两首诗说的都是关于读书的事，虽然不是鼓吹读书乐，也总觉得消遣世虑大概以读书为最适宜，可是结果还是不大好，大有越读越懊恼之概。盖据我多年杂览的经验，从书里看出来的结论只是这两句话，好思想写在书本上，一点儿都未实现过，坏事情在人世间全已做了，书本上记着一小部分。昔者印度贤人不惜种种布施，求得半渴，今我因此而成二偈，则所得不已多乎，至于意思或近于负的方面，既是从真实出来，亦自有理存乎其中，或当再作计较罢。

圣贤教训之无用无力，这是无可如何的事，古今中外无不如此。英国陀生在讲希腊的古代宗教与现代民俗的书中曾这样的说过：

"希腊国民看到许多哲学者的升降，但总是只抓住他们世袭的宗教。柏拉图与亚利士多德，什诺与伊壁鸠鲁的学说，在希腊人民上面，正如没有这一回事一般。但是荷马与以前时代的多神教却是活着。"斯宾塞在寄给友人的信札里，也说到现代欧洲的情状：

"宣传了爱之宗教将近二千年之后，憎之宗教还是很占势力。欧洲住着二万万的外道，假装着基督教徒，如有人愿望他们照着他们的教旨行事，反要被他们所辱骂。"上边所说是关于希腊哲学家与基督教的，都是人家的事，若是讲到孔孟与老庄，以至佛教，其实也正是一样。在二十年以前写过一篇小文，对于教训之无用深致感慨，末后这样的解说道：

"这实在都是真的。希腊有过苏格拉底，印度有过释迦牟尼，中国有过孔子老子，他们都被尊崇为圣人，但是在现今的本国人民中间他们可以说是等于不曾有过。我想这原是当然的，正不必代为无谓的悼叹。这些伟人倘若真是不曾存在，我们现在当不知怎的更为寂寞，但是如今既有言行流传，足供有知识与趣味的人的欣赏，那也就尽够好了。"这里所说本是聊以解嘲的话，现今又已过了二十春秋，经历增加了不少，却是终未能就此满足，固然也未必真是床头摸索好梦似的，希望这些思想都能实现，总之在浊世中展对遗教，不知怎的很替圣贤感觉得很寂寞似的，此或者亦未免是多事，在我自己却不无珍重之意。前致废名书中曾经说及，以有此种怅惘，故对于人间世未能恝置，此虽亦是一种苦，目下却尚不忍即舍去也。

《闭户读书论》是民国十六年冬所写的文章，写的很有点别扭，不过自己觉得喜欢，因为里边主要的意思是真实的，就是现在也还是这样。这篇论是劝人读史的。要旨云：

"我始终相信二十四史是一部好书，他很诚恳地告诉我们过去曾如此，现在是如此，将来要如此。历史所告诉我们的在表面的确只是过去，但现在与将来也就在这里面了。正史好似人家祖先的神像，画得特别庄严点，从这上面却总还看得出子孙的面影，至于野史等更有意思，那是行乐图小照之流，更充足的保存真相，往往令观者拍案叫绝，叹遗传之神妙。"这不知道算是什么史观，叫我自己说明，此中实只有暗黑的新宿命观，想得透彻时亦可得悟，在我却还只是怅惘，即使不真至于懊恼。我们说明季的事，总令人最先想起魏忠贤客氏，想起张献忠李自成，不过那也罢了，反正那些是太监是流寇而已。使人更不能忘记的是国子监生而请以魏忠贤配享孔庙的陆万龄，东林而为阉党，又引清兵入闽的阮大铖，特别是记起《咏怀堂诗》与《百子山樵传奇》，更觉得这事的可怕。史书有如医案，历历记着症候与结果，我们看了未必找得出方剂，可以去病除根，但至少总可以自肃自戒，不要犯这种的病，再好一点或者可以从这里看出些卫生保健的方法来也说不定，我自己还说不出读史有何所得，消极的警戒，人不可化为狼，当然是其一，积极的方面也有一二，如政府不可使民不聊生，如士人不可结社，不可讲学，这后边都有过很大的不幸做实证，但是正面说来只是老生常谈，而且也就容易归入圣贤的说话一类里去，永远是空言而已。说到这里，两头的话又碰在一起，所以就算是完了，读史与读经子那么便可以一以贯之，这也是一个很好的读书方法罢。

古人劝人读书，常说他的乐趣，如《四时读书乐》所广说，读书之乐乐陶陶，至今暗诵起几句来，也还觉得有意思。此外的一派是说读书有利益，如云书中自有黄金屋，书中自有颜如玉，是升官发财主义的代表，便是唐朝做《原道》的韩文公教训儿子，也说的这一派的话，在世间势力之大可想而知。我所谈的对于这两派都够不上，如要说明一句，或者可以说是为自己的教养而读书吧。既无什么利益，也没有多大快乐，所得到的只是一点知识，而知识也就是苦，至少知识总是有点苦味的。古希伯来的传道者说，"我又专心察明智慧狂妄和愚昧，乃知这也是捕风，因为多有智慧就多有愁烦，加增知识就加增忧伤。"这所说的话是很有道理的。但是苦与忧伤何尝不是教养之一种，就是捕风也并不是没有意思的事。我曾这样的说："察明同类之狂妄和愚昧，与思索个人的老死病苦，一样是伟大的事业。虚空尽由他虚空，知道他是虚空，而又偏去追迹，去察明，那么这是很有意义的，这实在可以当得起说是伟大的捕风。"这样说来，我的读书论也还并不真是如诗的表面上所显示的那么消极。可是无论如何，寂寞总是难免的，唯有能耐寂寞者乃能率由此道耳。

民国甲申八月二日

学生与社会 [①] /胡适

> 教育是给人戴一副有光的眼镜，能明白观察；不是给人穿一件锦绣的衣服，在人前夸耀。

今天我同诸君所谈的题目是"学生与社会"。这个题目可以分两层讲：一，个人与社会；二，学生与社会。现在先说第一层。

个人与社会

（一）个人与社会有密切的关系，个人就是社会的出产品。我们虽然常说"人有个性"，并且提倡发展个性，其实个性于人，

---

① 本文作于 1922 年。选自《胡适文集》，北京大学出版社，1998 年版。

不过是千分之一，而千分之九百九十九全是社会的。我们的说话，是照社会的习惯发音；我们的衣服，是按社会的风尚为式样；就是我们的一举一动，无一不受社会的影响。

六年前我作过一首《朋友篇》，在这篇诗里我说："清夜每自思，此身非吾有；一半属父母，一半属朋友。"如今想来，这百分之五十的比例算法是错了。此身至少有千分之九百九十九是属于广义的朋友的。我们现在虽在此地，而几千里外的人，不少的同我们发生关系。我们不能不穿衣，不能不点灯，这衣服与灯，不知经过多少人的手才造成功的。这许多为我们制衣造灯的人，都是我们不认识的朋友，这衣与灯就是这许多人不认识的朋友给与我们的。

再进一步说，我们的思想、习惯、信仰等等都是社会的出产品，社会上都说"吃饭"。我们所以我们，就是这些思想、信仰、习惯……这些既都是社会的，那么除开社会，还能有我吗？

这第一点的要义：我之所以为我，在物质方面，是无数认识与不认识的朋友的；在精神方面，是社会的，所谓"个人"差不多完全是社会的出产品。

（二）个人——我——虽仅是千分之一，但是这千分之一的"我"是很可宝贵的。普通一班的人，差不多千分之千都是社会的，思想、举动、语言、服食都是跟着社会跑。有一二特出者，有千分之一的我——个性，于跟着社会跑的时候，要另外创作，说人家未说的话，做人家不做的事。社会一班人就给他一个浑号，叫他"怪物"。

怪物原有两种：一种是发疯，一种是个性的表现。这种个性表现的怪物，是社会进化的种子，因为人类若是一代一代的互相仿造，不有变更，那就没有进化可言了。惟其有些怪物出世，特立独行，做人不做的事，说人未说的话，虽有人骂他打他，甚而逼他至死，他仍是不改他的怪言、怪行。久而久之，渐渐地就有人模仿他了，由少数的怪，变为多数，更变而为大多数，社会的风尚从此改变，把先前所怪的反视为常了。

宗教中的人物，大都是些怪物，耶稣就是一个大怪物。当时的人都以为有人打我一掌，我就应该还他一掌。耶稣偏要说："有人打我左脸一掌，我应该把右边的脸转送给他。"他的言语、行为，处处与当时的习尚相反，所以当时的人就以为他是一个怪物，把他钉死在十字架上。但是他虽死不改其言行，所以他死后就有人尊敬他，爱慕、模仿他的言行，成为一个大宗教。

怪事往往可以轰动一时，凡轰动一时的事，起先无不是可怪异的。比如缠足，当初一定是很可怪异的，而后来风行了几百年。近来把缠小的足放为天足，起先社会上同样以为可怪，而现在也渐风行了。可见不是可怪，就不能轰动一时。社会的进化，纯是千分之一的怪物，可以牺牲名誉、性命，而做可怪的事，说可怪的话以演成的。

社会的习尚，本来是革不尽，也不能够革尽的，但是改革一次，虽不能达完全目的，至少也可改革一部分的弊习。譬如辛亥革命，本是一个大改革，以现在的政治社会情况看，固不能说是完全成功，而社会的弊习——如北京的男风，官家厅的公门等等——附带革除的，实在不少。所以在实际上说，总算是进化的多了。

这第二点的要义：个人的成分，虽仅占千分之一，而这千分之一的个人，就是社会进化的原因。人类的一切发明，都是由个人一点一点改良而成功的。惟有个人可以改良社会，社会的进化全靠个人。

学生与社会

由上一层推到这一层，其关系已很明白。不过在文明的国家，学生与社会的特殊关系，当不大显明，而学生所负的责任，也不大很重。惟有在文明程度很低的国家，如像现在的中国，学生与社会的关系特深，所负的改良责任也特重。这是因为学生是受过教育的人，中国现在受过完全教育的学生，真不足千分之一，这千分之一受过完全教育的学生，在社会上所负的改良责任，岂不是比全数受过教育的国家的学生，特别重大吗？

教育是给人戴一副有光的眼镜，能明白观察；不是给人穿一件锦绣的衣服，在人前夸耀。未受教育的人是近视眼，没有明白的认识，远大的视力；受了教育，就是近视眼戴了一副近视镜，眼光变了，可以看明清楚远大。学生读了书，造下学问，不是为要到他的爸爸面前，要吃肉菜，穿绸缎；是要认他爸爸认不得的，替他爸爸说明，来帮他爸爸的忙。他爸爸不知道肥料的用法，土壤的选择，他能知道，告诉他爸爸，给他爸爸制肥料，选土壤，那他家中的收获，就可以比别人家多出许多了。

从前的学生都喜欢戴平光的眼镜，那种平光的眼镜戴如不戴，不是教育的结果。教育是要人戴能看从前看不见，并能看人家看不见的眼镜。我说社会的改良，全靠个人，其实就是靠这些戴近视镜，能看人所看不见的个人。

从前眼镜铺不发达，配眼镜的机会少，所以近视眼，老是近视看不远。现在不然了，戴眼镜的机会容易的多了，差不多是送上门来，让你去戴。若是我们不配一副眼镜戴，那不是自弃吗？若是仅戴一副看不清、看不远的平光镜，那也是可耻的事呀。

这是一个比喻，眼镜就是知识，学生应当求知道，并应当求其所要的知识。

戴上眼镜，往往容易招人家厌恶。从前是近视眼，看不见人家脸上的麻子，戴上眼镜，看见人家脸上有麻子，就要说："你是个麻子脸。"有麻子的人，多不愿意别人说他的麻子。要听见你说他是麻子，他一定要骂你，甚而或许打你。这一改意思，就是说受过教育，就认识清社会的恶习，而发不满意的批评。这种不满意社会的批评，最容易引起社会的反感。但是人受教育，求知识，原是为发现社会的弊端，若是受了教育，而对于社会仍是处处觉得满意，那就是你的眼镜配错了光了，应该返回去审查一下，重配一副光度合适的才好。

从前格里林（伽利略）因人家造的望远镜不适用，他自己造了一个扩大几百倍的望远镜，能看木星现象。他请人来看，而社会上的人反以为他是魔术迷人，骂他为怪物，革命党，几乎把他弄死。他惟其不屈不挠，不可抛弃他的学说，停止他的研究，而望远镜竟成为今日学问上、社会上重要的东西了。

总之，第一要有知识，第二要有图书。若是没有骨子便在社会上站不住。有骨子就是有奋斗精神，认为是真理，虽死不畏，都要去说去做。不以我看见我知道而已，还要使一班人都认识，都知道。由少数变为多数，由多数变成大多数，使一班人都承认这个真理。譬如现在有人反对修铁路，铁路是便利交通，有益社会的，你们应该站在房上喊叫宣传，使人人都知道修铁路的好处。若是有人厌恶你们，阻挡你们，你们就要拿出奋斗的精神，与他抵抗，非把你们的目的达到。不止你们的喊叫宣传，这种奋斗的精神，是改造社会绝不可少的。

二十年前的革命家，现在哪里去了？他们的消灭不外两个原因：（1）眼镜不适用了。二十年前的康有为是一个出风头的革命家，不怕死的好汉子。现在人都笑他为守旧，老古董，都是由他不去把不适用的眼镜换一换的缘故。（2）无骨子。有一班革命家，骨子软了，人家给他些钱，或给他一个差事，教他不要干，他就不敢干了。没有一种奋斗精神，不能拿出"你不要我干，我偏要干"的决心，所以都消灭了。

我们学生应当注意的就是这两点，眼镜的光若是不对了，就去换一副对的来戴；摸着脊骨软了，要吃一点硬骨药。

我的话讲完了，现在讲一个故事来做结，易卜生所作的《国家公敌》一剧，写一个医生司铎门发现了本地浴场的水里有传染病菌，他还不敢自信，请一位大学教授代为化验，果然不错。他就想要去改良它。不料浴场董事和一般股东因为改造浴池要耗费资本，拼死反对，他的老大哥与他的老丈人也都多方的以情感利诱，但他总是不可软化。他于万分困难之下设法开了一个公民会议，报告他的发明。会场中的人不但不听他的老实话，还把他赶出场去，裤子撕破，宣告他为国民公敌。他气愤不过，说："出去争真理，不要穿好裤子。"他是真有奋斗精神，能够特立独行的人，于这种逼迫之下还是不退缩。他说："世界最有强力的人就是那最孤立的人。"我们要改良社会，就要学这"争真理不穿好裤子"的态度，相信这"最孤立的人是最有强力的人"的名言。

智识的准备 [①] / 胡适

> 不管我们主修的是哪一个科目，我们都不应当有自满的感觉，以为在我们专门科目范围内，已经没有不解决的问题存在。

一

在这个值得纪念的仪式完毕之后，你们就被列入少数特权分子之列——大学毕业生。今天并不是标示着人生一段时期的结束或完毕，而是一个新生活的开始，一个真正生活和真正充满责任的开端。

---

① 本文是 1941 年 6 月胡适在美国普渡大学毕业典礼上的演讲，题为"Intellectual Preparedness"，郭博信译文收入胡颂平编撰《胡适之先生年谱长编初稿》第 5 册。选自《胡适文集》，北京大学出版社，1998 年版。

大家对你们作为大学生毕业生的，总期望会与平常人有所不同，和大多数没有念过大学的人有所不同。他们预料你们言行会有怪异之处。

你们有些人或许不喜欢人家把你们视为与众不同，言行怪异的人。你们或许想要和群众混在一起，不分彼此。

让我们向你们保证，要回到群众中间，使人不分彼此，是一件容易做到的事。假如你们有这个愿望，你们随时都可以做到，你们随时都可以成为一个"好伙伴"，一个"易于相处的人"，——而人们，包括你们自己，马上就会忘记你们曾经念过大学这回事。

虽然大学教育当然不该把我们造成为"势力之徒"和"古怪的人"，可是我们大学毕业生一直保留一点儿与众不同的标志，却也不是一件坏事。这一点儿与众不同的标志，我相信，是任何学术机构的教育家所最希望造成的。

大学男女学生与众不同的这个标志是什么呢？多数教育家都很可能会同意的说，那是一个多少受过训练的脑筋，——多少有规律的思想方式——这会使得，也应当使得，受大学教育的人显出有些与众不同的地方。

一个头脑受过训练的人在看一件事是用批判和客观的态度，而且也用适当的知识学问为凭依。他不容许偏见和个人的利益来影响他的判断，和左右他的观点。他一直都是好奇的，但是他绝对不会轻易相信人。他并不仓促的下结论，也不轻易的附和他人的意见，他宁愿耽搁一段时间，一直等到他有充分的时间来查事实和证据后，才下结论。

总而言之，一个受过训练的头脑，就是对于易陷入于偏见、武断和盲目接受传统与权威的陷阱，存有戒心和疑惧。同时，一个受过训练的脑筋不是消极或是毁灭性的。他怀疑人并不是喜欢怀疑的缘故；也并不是认为"所有的话都有可疑之处，所有的判断都有虚假之处"。他之所以怀疑是为了确切相信一件事。为了要根据更坚固的证据和更健全的推理为基础，来建立或重新建立信仰。

你们四年的研究和实验工作一定教过你们独立思考、客观判断、有系统的推理，和根据证据来相信某一件事的习惯。这些就是，也应当是，标示一个人是大学生的标志。就是这些特征才使你们显得"与众不同"和"怪异"，而这些特征可能会使你们不负众望或不受欢迎，甚至为你们社会里大多数人所畏避和摒弃。

可是，这些有点令人烦恼的特点却是你们母校于你们居留在此时间中，所教导你们而为此最感觉自豪的事。这些求知习惯的训练，如果我没有判断错误的话，也就是你们在大学里有责任予以培养起来的，回家时从这个校园里所带走的，并且在你们整个一生和在你们一切各种活动中，所继续不断的实行和发展的。

伟大的英国科学家，同时也是哲学家的赫胥黎（Thomas

H.Huxley）曾说过："一个人一生中最神圣的行为就是口里讲，内心深感觉到这句话：'我相信某件事是实在的。'紧附在那个行为上的是人生存在世上一切最大的报酬和一切最严重的责罚。"要成功的完成这一个"最神圣的行为"，那应用在判断、思考，和信仰上的思想训练和规律是必要的。

所以在这一个值得纪念的日子，你们必须问自己的第一个问题就是：我是否获得所期望于为一个受大学教育的我所该有的充分知识训练吗？我的头脑是否有充分的装备和准备来做赫胥黎所说的"一个人一生中最神圣的行为"？

二

我们必须要体会到"一个人一生中最神圣的行为"也同时是我们日常所需做的行为。另一个英国哲学家弥尔（John Stuart Mill）曾说过："各个人每天每时每刻都需要确切证实他所没有直接观察过的事情……法官、军事指挥官、航海人员、医师、农场经营者（我们还可以加上一般的公民和选民）的事，也不过是将证据加以判断，并按照判断采取行动……就根据他们做法（思考和推论）的优劣，就可以决定他们是否尽其分内的职责。这是头脑所不停从事的职责。"

由于人人每日每时都需要思考，所以人在思考时，极容易流于疏忽，漠不关心，和习惯性的态度。大学教育毕竟难以教给我们一整套精通与永久适用的求知习惯，原因是其所需的时间远超过大学的四年。大学毕业生离开了他的实验室和图书馆，往往感觉到他已经工作得太劳累，思考得太辛苦，毕业后应当享受到一种可以不必求知识的假期。他可能太忙或者太懒，而无法把他在大学里刚学到而还没有精通的知识训练继续下去。他可能不喜欢标榜自己为受过大学教育"好炫耀博学的人"。他可能发现讲幼稚的话与随和大众的反应是一种调剂，甚至是一种愉快的事。无论如何，大学毕业生离开大学之后，最普遍的危险就是溜回到怠惰和懒散方式的思考和信仰。

所以大学生离开学校后，最困难的问题就是如何继续培养精稔实验室研究的思考态度和技术，以便将这种思考的态度和技术扩展到他日常思想、生活、和各种活动上去。天下没有一个普遍适用以提防这种懒病复发的公式。但是我们仍然想献给列位一个简单的妙计，这个妙计对我自己和对我的学生和朋友都很实用。

我所想要建议的是各个大学毕业生都应当有一个或两个或更多足以引起兴趣和好奇心的疑难问题，借以激起他的注意、研究、探讨，或实验的心思。你们大家都知道的，一切科学的成就都是由于一个疑难的问题碰巧激起某一个观察者的好奇心和想象力所促成的。有人说没有装备良好的图书馆和实验室是无法延续求知的兴趣。这句话是不确实的。请问阿基米德、伽利略、牛顿、法拉第，或者甚至达尔文或巴斯德究竟有什么实验室或图书馆的装备呢？一个大学毕业生所需要的仅是一些会激起他的好奇心，引起他的求知欲和挑激他的想法求解决的有趣的难题。那种挑激引发的性质就足够引致他搜集资料、触类旁通、设计工具，和建立简单而适用的试验和实验室。一个人对于一些引人好奇的难题不发生兴趣的话，就是处在设备良好的实验室和博物馆中，知识上也不会有任何发展。

四年的大学教育所给予我们的，毕业只不过是已经研究出来和尚未研究出来的学问浩瀚范围的一瞥而已。不管我们主修的是哪一个科目，我们都不应当有自满的感觉，以为在我们专门科目范围内，已经没有不解决的问题存在。凡是离开母校大门而没有带一两个知识上的难题回家去，和一两个在他清醒时一直缠绕着他的问题，这个人的知识生活可以说是已经寿终正寝了。

这是我给你们的劝告：在这一个值得纪念的日子里，你们该花费几分钟，为你们自己列一个知识的清单，假如没有一两个值得你们下决心解决的知识难题，就不轻易步入这个大世界。你们不能带走你们的教授，也不能带走学校的图书馆和实验室。可是你们带走几个难题。这些难题时刻都会使你们知识上的自满和怠惰下来的心受到困扰。除非你们向这些难题进攻，并加以解决，否则你们就一直不得安宁。那时候，你们看吧，在处理和解决这些小难题的时候，你们不但使你们思考和研究的技术逐渐纯熟和精稳，而且同时开拓出知识的新地平线并达到科学的新高峰。

三

这种一直有一些激起好奇心和兴趣疑难问题来刺激你们的小妙计有许多功用。这个妙计可使你们一生中对研究学问的兴趣永存不灭，可开展你们新嗜好的兴趣，把你们日常生活提高到超过惯性和苦闷的水准之上。常常在沉静的夜里，你们突然成功的解决了一个讨厌的难题而很希望叫醒你们的家人，对他们叫喊着说："我找到了，我找到了！"那时候给你们的是知识上的狂喜和很大的乐趣。

但是这种自找问题和解决问题方式最重要的用处，是在于用来训练我们的能力，磨炼我们的智慧，而因此使我们能精稔实验与研究的方法和技术。对思考技术的精稔可能引使你们达到创造性的知识高峰；但是也同时会渐渐的普遍应用在你们整个生活上，并且使你们在处理日常活动时，成为比较懂得判断的人，会使你们成为更好的公民，更聪明的选民，更有知识的报纸读者，成为对于目前国家大事或国际大事一个更为胜任的评论者。

这个训练对于为一个民主国家里公民和选民的你们是特别重要的。你们所生活的时代是一片充满了惊心动魄事件的时代，一个势要毁灭你们政府和文化根基的战争时代。而从各方面拥集到你们身上的是强有力不让人批驳的思想形态，巧妙的宣传，以及随意歪曲的历史。希望你们在这个要把人弄得团团转的旋风世界中，要建立起你们判断力，要下自己的决心，投你们的票，和尽你们的本分。

有人会警告你们要特别提高警惕，以提防邪恶宣传的侵袭。可是你们要怎样做才能防御宣传的侵入呢？因为那些警告你们的人本身往往就是职业的宣传员，只不过他们罐头上所用的是不同的商标；但这些罐头里照样是陈旧的和不准批驳的东西。

例如，有人告诉你们，上次世界大战所有一切唯心论的标语，像"为世界民主政治的安全而战"和"以战争来消弭战争"，这些话，都是想讨人欢喜的空谈和烟幕而已。但是揭露这件事的人也就是宣传者，他要我们全体都相信美国之参加上次世界大战是那些"担心美元英镑贬值"放高利贷者和发战争财者所促成的。

再看另一个例子。你们是在一个信仰所培养之下长大起来的。这些信仰就是相信你们的政府形式，属于人民的政府，尊敬个人的自由特别是相信那保护思想、信仰、表达，和出版等自由的政府形式是人类最伟大的成就之一；但是我们这一代的新先知们却告诉你们说，民主的代议政府仅是资本主义制度下的一个必然的副产品，这个制度并没有实质的优点，也没有永恒的价值；他们又说个人的自由并不一定是人们所希求的；为了集体的福利和权力的利益起见，个人的自由应当视为次要的，甚至应当加以抑压下去的。

这些和许多其他相反的论调到处都可以看到听到，都想要迷惑你们的思想，麻木你们的行动。你们需要怎么样准备自己来对付一切所有这些相反的论调呢？当然不会是紧闭着眼睛不看，掩盖着耳朵不听吧。当然也不会躲在良好的古老传统信仰的后面求庇护吧，因为受攻击和挑衅的就是古老的传统本身。当然也不会是诚心诚意的接受这种陈腔烂调和不准批驳的思想和信仰的体系，因为这样一个教条式的思想体系可能使你们丢失了很多的独立思想，会束缚和奴役你们的思想，以致从此之后，你们在知识上说，仅是机械一个而已。

你们可能希望能保持精神上的平衡和宁静，能够运用你们自己的判断，惟一的方法就是训练你们的思想，精稔自由沉静思考的技术。使我们更充分了解知识训练的价值和功效的就是在这知识困惑和混乱的时代。这个训练会使我们能够找到真理——使我们获得自由的真理。关于这种训练与技术，并没有什么神秘的地方。那就是你们在实验室所学到的，也就是你们最优秀的教师终生所从事的，而在你们研究论文上所教你们的方法，那就是研究和实验的科学方法。也就是你们要学习应用于解决我所劝你们时刻要找一两个疑难问题所用的同样方法。这个方法，如果训练得纯熟精通，会使我们能在思考我们每天必须面对有关社会、经济，和政治各项问题时，会更清楚，会更胜任的。

以其要素言，这个科学技术包括非常专心注意于各种建议、思想和理论，以及后果的控制和试验。一切思考是以考虑一个困惑的问题或情况开始的。所有一切能够解决这个困惑问题的假设都是受欢迎的。但是各个假设的论点却必须以在采用后可能产生的后果来作为适用与否的试验，凡是其后果最能满意克服原先困惑所在的假设，就可接受为最好和最真实的解决方法。这是一切自然、历史，和社会科学的思考要素。

人类最大的谬误，就是以为社会和政治问题简单得很，所以根本不需要科学方法的严格训练，而只要根据实际经验就可以判断，就可以解决。

但是事实却是刚刚相反的。社会与政治问题是关连着等待千千万万人命运和福利的问题。就是由于这些极具复杂性和重要性的问题是十分困难的，所以使得这些问题到今日还没有办法以准确的定量衡量方法和试验与实验的精确方法来计量。甚至以最审慎的态度和用严格的方法无法保证绝无错误。但是这些困难却省免不了我们用尽一切审慎和批判的洞察力来处理这些庞大的社会和政治问题和必要。

两千五百年前某诸侯①问孔子说"一言而可以兴邦，……一

① 译者按：此处某诸侯乃指鲁定公。

言而丧邦有诸？"

想到社会与政治的问题，总会提醒我们关于向孔子请教的这两个问题，因为对社会与政治的思考必然会连带想起和计划整个国家，整个社会，或者整个世界的事。所以一切社会与政治理论在用以处理一个情况时，如果精心大意或固守教条，严重的说来，可能有时候会促成预料不到的混乱、退步、战争，和毁灭，有时就真的是一言兴邦，一言丧邦。

刚就在前天，希特勒对他的军队发出一个命令，其中说到一句话：他要决定他的国家和人民未来一千年的命运！

但希特勒先生一个人是无法以个人的思想来决定千千万万人的生死问题。你们在这里所有的人需要考虑你们即将来临的本地与全国选举中有所选择，所有的人需要对和战问题表达意见，并不决定。是的，你们也会考虑到一个情况，你们在这个情况中的思考是正确，是错误，就会影响千千万万人的福利，也可能直接或间接的决定未来一千年世界与其文化的命运！

所以为少数特权阶级的我们大学男女，严肃的和胜任的把自己准备好，以便像在今日的这个时代，这个世界，每日从事思考和判断，把我们自己训练好，以便作有责任心的思考，乃是我们神圣的任务。

有责任心的思考至少含着三个主要的要求：第一，把我们的事实加以证明，把证据加以考查；第二，如有差错，谦虚的承认错误，慎防偏见和武断；第三，愿意尽量彻底获致一切会

随着我们观点和理论而来的可能后果，并且道德上对这些后果
负责任。

怠惰的思考，容许个人和党团的因素不知不觉地影响我们
的思考，接受陈腐和不加分析的思想为思考之前提，或者未能
努力以获致可能后果，来试验一个人的思想是否正确等等就是
知识上不负责任的表现。

你们是否充分准备来做这件在你们一生中最神圣的行
动——有责任心的思考？

怎样才能不受人惑? [①] / 胡适

> 哲学教授的目的也只是要造就几个不受人惑的人。

  一个大学里,哲学系应该是最不时髦的一系,人数应该最少。但北大的哲学系向来有不少的学生,这是我常常诧异的事。我常常想,这许多学生,毕业之后,应该做些什么事?能够做些什么事?现在你们都快毕业了。你们自然也在想:"我们应该做些什么?我们能够做些什么?"

  依我的愚见,一个哲学系的目的应该不是叫你们死读哲学书,也不是教你们接受某派某人的哲学。禅宗有个和尚曾说:"达摩东来,只是要寻求一个不受人惑的人。"我想借用这句话来说:

"哲学教授的目的也只是要造就几个不受人惑的人。"

你们应该做些什么？你们应该努力做个不受人惑的人。

你们能做个不受人惑的人吗？这个全凭自己的努力。如果你们不敢十分自信，我这里有一件小小的法宝，送给你们带去做一件防身的工具。这件法宝只有四个字："拿证据来！"

这里还有一只小小的锦囊，装作这件小小法宝的用法："没有证据，只可悬而不断；证据不够，只可假设，不可武断；必须等到证实之后，方才可以算作定论。"

必须自己能够不受人惑，方才可以希望指引别人不受人诱。

朋友们大家珍重！

大学毕业后的几条路 [①]/胡适

> 没有一点努力是会白白的丢了的。在我们看不见想不到的时候，在我们看不见想不到的方向，你瞧！你下的种子早已生根发叶开花结果了！

这一两个星期里，各地的大学都有毕业的班次，都有很多的毕业生离开学校去开始他们的成人事业。学生的生活是一种享有特殊优待的生活，不妨幼稚一点，不妨吵吵闹闹，社会都能纵容他们，不肯严格地要他们负行为的责任。现在他们要撑起自己的肩膀来挑他们自己的担子了。在这个国难最紧急的年头，他们的担子真不轻！我们祝他们的成功，同时也不忍不依

[①] 本文是胡适 1932 年在北大毕业典礼上的演讲词。选自《胡适文集》，北京大学出版社，1998 年版。

据我们自己的经验，赠与他们几句送行的赠言——虽未必是救命毫毛，也许作个防身的锦囊罢！

你们毕业之后，可走的路不出这几条：绝少数的人还可以在国内或国外的研究院继续作学术研究；少数的人可以寻着相当的职业；此外还有做官，办党，革命三条路；此外就是在家享福或者失业闲居了。第一条继续求学之路，我们可以不讨论。走其余几条路的人，都不能没有堕落的危险。堕落的方式很多，总括起来，约有这两大类：

第一是容易抛弃学生时代的求知识的欲望。你们到了实际社会里，往往所用非所学，往往所学全无用处，往往可以完全用不着学问，而一样可以胡乱混饭吃，混官做。在这种环境里，即使向来抱有求知识学问的决心的人，也不免心灰意懒，把求知的欲望渐渐冷淡下去。况且学问是要有相当的设备的；书籍，试验室，师友的切磋指导，闲暇的工夫，都不是一个平常要糊口养家的人所能容易办到的。没有做学问的环境，又谁能怪我们抛弃学问呢？

第二是容易抛弃学生时代的理想的人生的追求。少年人初次与冷酷的社会接触，容易感觉理想与事实相去太远，容易发生悲观和失望。多年怀抱的人生理想，改造的热诚，奋斗的勇气，到此时候，好像全不是那么一回事。渺小的个人在那强烈的社会炉火里，往往经不起长期的烤炼就熔化了，一点高尚的理想不久就幻灭了。抱着改造社会的梦想而来，往往是弃甲曳兵而走，或者做了恶势力的俘虏。你在那俘虏牢狱里，回想那少年气壮时代的种种理想主义，好像都成了自误误人的迷梦！从此以后，你就甘心放弃理想人生的追求，甘心做现成社会的顺民了。

要防御这两方面的堕落，一面要保持我们求知识的欲望，一面要保持我们对于理想人生的追求。有什么好法子呢？依我个人的观察和经验，有三种防身的药方是值得一试的。

第一个方子只有一句话："总得时时寻一两个值得研究的问题！"问题是知识学问的老祖宗；古今来一切知识的产生与积聚，都是因为要解答问题，——要解答实用上的困难或理论上的疑难。所谓"为知识而求知识"，其实也只是一种好奇心追求某种问题的解答，不过因为那种问题的性质不必是直接应用的，人们就觉得这是"无所为"的求知识了。我们出学校之后，离开了做学问的环境，如果没有一个两个值得解答的疑难问题在脑子里盘旋，就很难继续保持追求学问的热心。可是，如果你有了一个真有趣的问题天天逗你去想他，天天引诱你去解决他，天天对你挑衅笑你无可奈他，——这时候，你就会同恋爱一个女子发了疯一样，坐也坐不下，睡也睡不安，没工夫也得偷出工夫去陪她，没钱也得撙衣节食去巴结她。没有书，你自会变卖家私去买书；没有仪器，你自会典押衣服去置办仪器；没有师友，你自会不远千里去寻师访友。你只要能时时有疑难问题来逼你用脑子，你自然会保持发展你对学问的兴趣，即使在最贫乏的智识环境中，你也会慢慢的聚起一个小图书馆来，或者设置起一所小试验室来。所以我说：第一要寻问题，脑子里没有问题之日，就是你的智识生活寿终正寝之时！古人说，"待文王而兴者，凡民也。若夫豪杰之士，虽无文王犹兴。"试想伽利略（Galieo）和牛顿（Newton）有多少藏书？有多少仪器？他们不过是有问题而已。有了问题而后，他们自会造出仪器来解答他们的问题。没有问题的人们，关在图书馆里也不会用书，锁在试验室里也不会有什么发现。

第二个方子也只有一句话："总得多发展一点非职业的兴趣。"离开学校之后，大家总得寻个吃饭的职业。可是你寻得的职业未必就是你所学的，或者未必是你所心喜的，或者是你所学而实在和你的性情不想近的。在这种状况之下，工作就往往成了苦工，就不感觉兴趣了。为糊口而作那种非"性之所近而力之所能勉"的工作，就很难保持求知的兴趣和生活的理想主义。最好的救济方法只有多多发展职业以外的正当兴趣与活动。一个人应该有他的职业，又应该有他的非职业的玩艺儿，可以叫做业余活动。凡一个人用他的闲暇来做的事业，都是他的业余活动。往往他的业余活动比他的职业还更重要，因为一个人的前程往往会靠他怎样用他的闲暇时间。他用他的闲暇来打麻将，他就成个赌徒；你用你的闲暇来做社会服务，你也许成个社会改革者；或者你用你的闲暇去研究历史，你也许成个史学家。你的闲暇往往定你的终身。英国十九世纪的两个哲人，弥儿（J.S.Mill）终身做东印度公司的秘书，然而他的业余工作使他在哲学上，经济学上，政治思想史上都占一个很高的位置；斯宾塞（Spencer）是一个测量工程师，然而他的业余工作使他成为前世纪晚期世界思想界的一个重镇。古来成大学问的人，几乎没有一个不是善用他的闲暇时间的。特别在这个组织不健全的中国社会，职业不容易适合我们性情，我们要想生活不苦痛或不堕落，只有多方发展业余的兴趣，使我们的精神有所寄托，使我们的剩余精力有所施展。有了这种心爱的玩艺儿，你就做六个钟头的抹桌子工夫也不会感觉烦闷了，因为你知道，抹了六点钟的桌子之后，你可以回家去做你的化学研究，或画完你的大幅山水，或写你的小说戏曲，或继续你的历史考据，或做你的社会改革事业。你有了这种称心如意的活动，生活就不枯寂了，精神也就不会烦闷了。

第三个方子也只有一句话："你总得有一点信心。"我们生当这个不幸的时代，眼中所见，耳中所闻，无非是叫我们悲观失望的。特别是在这个年头毕业的你们，眼见自己的国家民族沉沦到这步田地，眼看世界只是强权的世界，望极天边好像看不见一线的光明，——在这个年头不发狂自杀，已算是万幸了，怎么还能够希望保持一点内心的镇定和理想的信心呢？我要对你们说：这时候正是我们培养我们的信心的时候！只要我们有信心，我们还有救。古人说："信心（Faith）可以移山。"又说："只要功夫深，生铁磨成绣花针。"你不信吗？当拿破仑的军队征服普鲁士占据柏林的时候，有一位穷教授叫做菲希特（Fichte）的，天天在讲堂上劝他的国人要有信心，要信仰他们的民族是有世界的特殊使命的，是必定要复兴的。菲希特死的时候（1814），谁也不能预料德意志统一帝国何时可以实现。然而不满五十年，新的统一的德意志帝国居然实现了。

一个国家的强弱盛衰，都不是偶然的，都不能逃出因果的铁律的。我们今日所受的苦痛和耻辱，都只是过去种种恶因种下的恶果。我们要收将来的善果，必须努力种现在的新因。一粒一粒的种，必有满仓满屋的收，这是我们今日应该有的信心。

我们要深信：今日的失败，都由于过去的不努力。

我们要深信：今日的努力，必定有将来的大收成。

佛典里有一句话："福不唐捐。"唐捐就是白白的丢了，我们也应该说："功不唐捐！"没有一点努力是会白白的丢了的。在我们看不见想不到的时候，在我们看不见想不到的方向，你瞧！你下的种子早已生根发叶开花结果了！

你不信吗？法国被普鲁士打败之后，割了两省地，赔了五十万万法郎的赔款。这时候有一位刻苦的科学家巴斯德（Pasteur）终日埋头在他的试验室里做他的化学试验和微菌学研究。他是一个最爱国的人，然而他深信只有科学可以救国。他用一生的精力证明了三个科学问题：（1）每一种发酵作用都是由于一种微菌的发展；（2）每一种传染病都是由于一种微菌在生物体中的发展；（3）传染病的微菌，在特殊的培养之下，可以减轻毒力，使它从病菌变成防病的药苗。——这三个问题，在表面上似乎都和救国大事业没有多大的关系。然而从第一个问题的证明，巴斯德定出做醋酿酒的新法，使全国的酒醋业每年减除极大的损失。从第二个问题的证明，巴斯德教全国的蚕丝业怎样选种防病，教全国的畜牧农家怎样防止牛羊瘟疫，又教全世界的医学界怎样注重消毒以减除外科手术的死亡率。从第三个问题的证明，巴斯德发明了牲畜的脾热瘟的疗治药苗，每年替法国农家灭除了二千万法郎的大损失；又发明了疯狗咬毒的治疗法，救济了无数的生命。所以英国的科学家赫胥黎（Huxley）在皇家学会里称颂巴斯德的功绩道："法国给了德国五十万万法郎的赔款，巴斯德先生一个人研究科学的成绩足够还清这一笔赔款了。"

巴斯德对于科学有绝大的信心，所以他在国家蒙奇辱大难的时候，终不肯抛弃他的显微镜与试验室。他绝不想他的显微镜底下能偿还五十万万法郎的赔款，然而在他看不见想不到的时候，他已收获了科学救国的奇迹了。

朋友们，在你最悲观最失望的时候，那正是你必须鼓起坚强的信心的时候。你要深信：天下没有白费的努力。成功不必在我，而功力必不唐捐。